GEHEIMNISSE?

Ein Schweden-Krimi

Die Stockholm Detektive

(Band 2)

Christer Tholin

Für meine Tochter Anabel

Inhalt

1

Die U‑Bahn polterte in die Station. Elin schaute auf den Bahnsteig und suchte nach dem Schild mit dem Stationsnamen – *Rådhuset*. Also war sie schon auf *Kungsholmen*, einer der zentralen Inseln Stockholms, auf der sie wohnte. Nur noch zwei Stationen, dann musste sie aussteigen und von dort waren es nicht einmal zehn Minuten bis zu ihrer Wohnung. Wieder eine Arbeitswoche vorbei, wie so oft eine ziemlich langweilige. Sie hatte nicht viel zu tun gehabt; Tobias, ihr Chef, war die meiste Zeit außer Haus gewesen, und sie selbst musste an ihrem Schreibtisch sitzen und das Telefon bewachen. So hatte sie sich das wirklich nicht vorgestellt. Seit zwei Jahren arbeitete sie jetzt in der Firma Secure Assist. Sie hatte diesen Job nur angenommen, weil Tobias ihr anfangs zugesagt hatte, dass sie nach und nach mit in den Außendienst als Privatdetektivin gehen könnte. Nur dass Tobias sie noch nicht ein einziges Mal gefragt, geschweige denn dazu eingeteilt hatte. Zum Glück hatte Lars, einer der Privatdetektive, sie im letzten Jahr zweimal angefordert. Das waren wirklich tolle Aufträge gewesen, bei denen sie sich auch bewiesen hatte; den zweiten Fall hatte sie fast allein gelöst. Ja, zugegeben, sie war zum Teil etwas eigenmächtig vorgeprescht, aber sie wusste genau, was passiert wäre, wenn sie bei jeder Aktion um Erlaubnis gebeten hätte: jemand anders hätte die Aufgabe bekommen oder es wäre alles zu riskant gewesen. Dabei steckte ihr Herzblut in diesem Job, es war ihr großer Traum, eine gute Detektivin zu werden. Und sie fand, dass ihre Ausbildung perfekt dazu passte — sie hatte ein IT-Studium absolviert und war zudem eine exzellente Nahkämpferin. Hinzu kamen ihre Intuition und eine große Kreativität, wenn es galt, an Informationen zu kommen. Doch Tobias setzte auf mehr traditionelle Berufe, also Leute, die vorher als Leibwächter oder bei einem Sicherheitsdienst gearbeitet hatten. Noch besser beim Zoll oder sogar, wie Lars, bei der Polizei angestellt gewesen waren. Vielleicht lag es auch an ihrer Statur – Elin war klein und zierlich, während Lars fast einen Meter neunzig groß war und ziemlich breite Schultern hatte. Aber daran konnte sie ja leider nichts ändern, deshalb versuchte sie, ihre fehlende Körpergröße durch forsches Auftreten auszugleichen. Außerdem war es manchmal auch von Vorteil, klein zu sein, zum Beispiel, wenn man sich verstecken musste.

Zwei junge Männer drängten sich an ihr vorbei, um zu den beiden unbesetzten Fensterplätzen in Elins Reihe zu gelangen. Ansonsten war der Zug voll besetzt, kein Wunder – Freitagnachmittag und Berufsverkehr. Elin beobachtete sie, der eine hatte Ohrhörer in den Ohren, dessen Kabel in seine Jackentasche führten, und er wippte mit dem Fuß im Takt der nur für ihn zu hörenden Musik. Der andere hielt ein Smartphone am Ohr und telefonierte, es ging um irgendein neuartiges Programm, das er unbedingt kaufen wollte. Die Bahn fuhr an, Elin kehrte mit ihren Gedanken zurück zu ihrem Problem. Sie wollte unbedingt wieder einen Auftrag bekommen, am liebsten zusammen mit Lars. Der schuldete ihr sowieso noch was, schließlich hatte sie ihm zweimal den Arsch gerettet: Das erste Mal, als er nach einer Explosion bewusstlos auf dem Boden lag und sie ihn aus dem Gefahrenbereich des Feuers schleppte, und das zweite Mal, als er von zwei Kindesentführern mit einer Flinte bedroht wurde. Beide Einsätze waren Ende letzten Jahres, nun war es fast Sommer und seitdem hatte sie nur im Büro gesessen und außer Sekretariatsarbeit hier und da Informationen beschafft. Sie war wirklich frustriert darüber. Nichts hatte geholfen – Gespräche mit Tobias, betteln bei Lars – die Antwort war immer die gleiche: es gab keine geeigneten Aufträge. Zugegeben, die meisten Aufträge bestanden aus langweiligem Wacheschieben oder eintönigen Überwachungen, aber selbst das hätte Elin dem Büro vorgezogen. Schließlich hatte sie sich eine Frist gesetzt: wenn sich in ihrem Job bis Ende des Jahres nicht irgendetwas grundlegend zum Besseren wandeln sollte, dann würde sie kündigen. Sie hatte auch schon damit angefangen, einen Parallelplan in die Tat umzusetzen, und hatte eine eigene Firma angemeldet. In Schweden war dies sehr einfach, innerhalb einer Stunde hatte sie die entsprechenden Formulare online ausgefüllt, digital signiert und abgeschickt. Bereits eine Woche später war ihre Firma registriert, sie hatte die einfachste Firmenform gewählt. Alles lief auf sie persönlich und hatte außer einer kleinen Registrierungsgebühr nichts gekostet, da man auch kein Eigenkapital einbringen musste. Jetzt hatte sie also ein eigenes Unternehmen, mit dem sie alle Aufgaben eines Privatdetektivs abdecken konnte. Allerdings würde es nicht einfach sein, die Firma neben ihrem jetzigen Job zu betreiben. Laut ihrem Arbeitsvertrag waren sämtliche Nebentätigkeiten genehmigungspflichtig. Elin könnte sich vielleicht darüber hinwegsetzen, das würde sicher niemand bemerken und schließlich war es ihre Sache, was sie in ihrer Freizeit machte. Schwerer wog der Gedanke, dass dies natürlich ein Konkurrenzunternehmen zu Tobias Firma war und wenn dies herauskam, war es ein Grund, sie fristlos auf die Straße zu setzen. Deshalb war es auch kompliziert, Werbung zu machen; sie musste sicherstellen, dass man die Werbung nicht zu ihr zurückverfolgen konnte. Tatsächlich hatte sie schon ein paar Anzeigen geschaltet, auf dem einfachsten Weg – bei einigen Online-Plattformen. Dabei hatte sie weder ihren Namen noch den ihrer Firma genannt und als Kontakt eine E-Mail-Adresse angegeben, die auch keinen Bezug zu ihr hatte und bei Gmail registriert war. Die Posts waren nun seit zwei Wochen eingestellt und sie hatte dieses E-Mail-Konto ständig gecheckt, aber bis jetzt war noch keinerlei Anfrage zu verzeichnen gewesen. Das Ganze war mehr ein

Versuchsballon, sie wusste nicht, ob sie einen Auftrag wirklich annehmen könnte. Zum einen wegen der Konkurrenztätigkeit, zum anderen hing es natürlich davon ab, was für eine Art Auftrag es war, schließlich konnte sie nicht einfach so aus dem Büro verschwinden und sich diesem widmen. Nur solange sich die Sache am Abend und am Wochenende erledigen ließe, war das im Rahmen des Möglichen. Aber wieso sich Gedanken darüber machen, es gab bisher noch keine Anfragen. Wie sagte man? Sorge dich nicht um die Probleme, die du noch nicht hast!

Sie überlegte, was sie mit dem kommenden Wochenende anfangen wollte. Maja, ihre Lebensgefährtin, war auf Reisen. Als Lehrerin für Judo und Karate hatte sie das Angebot bekommen, einen Wochenendlehrgang in Kopenhagen zu leiten. So war Elin allein und hatte noch keine Pläne. Im Stillen hatte sie gehofft, dass es vielleicht doch zu einer Jobanfrage käme, aber daraus war ja nichts geworden. Na, es würde ihr schon etwas anderes einfallen.

Der Zug fuhr in ihre Station *Stadshagen* ein, sie ergriff ihre Handtasche, stand auf und drängelte sich zur Tür durch.

2

Elin wachte auf, ihr Kopf dröhnte. Verdammt, das war gestern Abend zu viel Wein gewesen. Sie setzte sich mühsam auf. Ihre Kehle war wie ausgetrocknet. Warum hatte sie nach zwei Gläsern nicht aufhören können? Sie brauchte dringend eine Schmerztablette. Vorsichtig stand sie auf, noch unsicher auf den Beinen, und ging ins Bad. Sie kramte im Spiegelschrank, nahm gleich zwei Tabletten und trank direkt vom Wasserhahn. Als sie sich wieder aufrichtete, war ihr schwindelig, alles drehte sich. Sie schloss die Augen, bis das Drehen nachließ. In der Küche machte sie sich einen Espresso. Das Denken fiel ihr schwer; den Metallkocher mit Pulver füllen, Wasser in den Behälter gießen und den Kocher auf die Herdplatte stellen. Sie ging ins Wohnzimmer, dort standen noch die leere Weinflasche und die Tüte mit den Käsechips. Wo war ihr Handy und wie spät war es wohl? Dort lag es. Es war kurz nach zehn Uhr. Auf dem Display sah sie außerdem, dass sie mehrere E-Mails erhalten hatte, eine davon an ihr neues Konto, mit dem Titel ‚Anfrage‘. Jetzt war Elin plötzlich hellwach und klickte sofort auf die E-Mail. Die war doch tatsächlich schon gestern Abend gekommen, und hätte Elin sich nicht dem Wein gewidmet, wäre ihr das sicher nicht entgangen.

Eine Frau namens Helena wollte ihre Hilfe, um ihren Freund zu überwachen. Sie hatte ihre Telefonnummer mitgeschickt und um einen Anruf gebeten. Elin hörte, wie das Wasser im Espressokocher siedete, und ging eilig in die Küche. Ui, das war etwas zu schnell, ihr wurde übel; sie holte tief Luft, dann goss sie den Kaffee in einen Becher. Den hatte sie jetzt dringend nötig.

***

Elin stiefelte die Treppe von der U-Bahnstation hoch und sah sich um. Sie musste rechts entlang, der *Vasagatan* ein ganzes Stück folgen, an der Ecke *Kungsgatan* wieder nach rechts abbiegen und an der nächsten Kreuzung sollte das Café sein.

Nach dem starken Espresso hatte sie geduscht und sich angezogen, dann ihre Stimme vor dem Spiegel ausprobiert und schließlich bei der potenziellen Kundin angerufen. Diese hatte ein Treffen am Nachmittag im ‚*Vete-Katten*' vorgeschlagen, einem Café, das Elin bisher nicht kannte und googeln musste. Es war ganz in der Nähe vom Hauptbahnhof ‚*T-Centralen*' und leicht zu erreichen. Ihrem Kopf ging es besser, zumindest schmerzte er nicht mehr, aber ein wenig benommen fühlte sie sich nach wie vor. Sie hatte mittags etwas Toastbrot gegessen, mehr konnte sie nicht herunterbringen, aber das hatte gutgetan. Die Übelkeit war jetzt weg, sie hatte nur noch ein wenig Sodbrennen. Vielleicht konnte sie es wagen, in dem Café ein Stück Kuchen zu bestellen? Sie verstand immer noch nicht, wie sie sich so hatte gehen lassen können, das war sonst gar nicht ihre Art. Allerdings musste sie zugeben, dass Maja sie normalerweise von solchen Dummheiten abhielt. Und hätte Maja mitgetrunken, hätten sie ja den Wein geteilt und für Elin wäre es nur die halbe Flasche geworden. Doch der Wein hatte so gut geschmeckt, außerdem hatte sie sich allein gefühlt und nicht an die Konsequenzen gedacht. Hinzu kam ihr Frust über die unbefriedigende Arbeitswoche und am Ende war die Flasche leer gewesen. Sie war ins Bad und danach ins Bett getorkelt. Wie war das? Kleine Sünden bestraft der liebe Gott sofort? Ja, heute hatte er zugeschlagen, und das ausgerechnet zu einem Zeitpunkt, an dem sie die erste Chance bekam, einen eigenen Auftrag an Land zu ziehen.

Sie zog die Tür zur ‚*Vete-Katten*‘ auf — der Name bedeutete ‚Weizen-Katze‘ — und nahm hinter der Tür die paar Stufen nach oben. Geradeaus befand sich der Tresen, an dem man Kuchen und Getränke bestellte; rechts und links in dem großen L-förmigen Raum standen die Tische. Helena hatte gesagt, sie würde eine auffällige rote Handtasche dabeihaben; Elin konnte nur hoffen, dass sie diese nicht unter den Tisch gestellt hatte, dann würde sie überall herumlaufen und suchen müssen. Nein, das musste sie sein. Auf der linken Seite in der Ecke stand eine knallrote Handtasche auf einem kleinen Tisch, dahinter saß eine blonde Frau, die Haare zu einem Pferdeschwanz zusammengebunden, in ihr Smartphone vertieft.

Elin ging zu ihr und fragte: „Entschuldigung, bist du Helena?"

Die Frau sah auf und lächelte. „Ja, genau. Und du musst Elin sein."

Sie reichte ihr die Hand und musterte sie. Elin konnte nur hoffen, dass ihre Restaurierungsmaßnahmen ausreichten, um ihren verkaterten Zustand zu verbergen.

„Angenehm. Ich hole mir schnell einen Kaffee. Kann ich dir etwas mitbringen?"

„Danke, nein. Ich habe noch." Vor ihr stand eine halb volle Tasse Kaffee und ein angefangenes Stück Budapester Torte.

Elin drehte sich um und ging zum Tresen. Sie ließ ihre Augen über das Angebot wandern. Oh, das war wirklich verlockend, ob sie es wagen konnte, ein Stück Prinzessinentorte zu bestellen? Lieber nicht, so viel Sahne und Marzipan war doch noch eine zu große Herausforderung für ihren Magen. Sie nahm lieber einen ‚Kanelbulle', der Hefeteig mit der dünnen Zimtfüllung sollte ihr nichts anhaben. Dazu einen Kaffee Latte.

Nach dem Bezahlen balancierte sie ihr Tablett vorsichtig zum Tisch. Helena machte ihr Platz, indem sie die Handtasche herunternahm und ihren Kaffee zur Seite schob. Elin musterte sie: sie war ungefähr Ende Dreißig, sah gut aus, war dezent geschminkt und stilvoll gekleidet, mit einer weißen Bluse mit einem leichten blauen Blazer darüber. Das war bestimmt kein Modeschmuck, den sie trug: dezente Ohrringe mit kleinen Steinen besetzt, wahrscheinlich Diamanten, eine goldene Halskette mit einem kleinen zu den Ohrringen passenden Pendant und ein breiter Armreif, ebenfalls aus Gold. Helena war definitiv etwas bessergestellt.

„Super, dass wir uns so schnell treffen konnten, noch dazu an einem Samstag", sagte sie und schaute Elin erwartungsvoll an.

„Kein Problem." Elin nahm einen Schluck Kaffee. „Sollen wir gleich zum Thema kommen oder möchtest du vorher noch etwas mehr über mich wissen?" Sie hatte in dem Telefonat am Morgen schon kurz über ihre Ausbildung und ihre Erfahrung in Sachen Detektivarbeit Auskunft gegeben, allerdings ohne ihre offizielle Anstellung bei Secure Assist zu erwähnen.

„Ich glaube, ich erzähle direkt, worum es geht", Helena aß noch ein Stück von ihrer Torte und begann dann zu erzählen. „Ich mache mir Gedanken über meinen Freund Markus. Ich bin etwas misstrauisch geworden, da er seit einiger Zeit in seiner Freizeit sehr viel unterwegs ist und mir offenbar nicht die Wahrheit darüber sagt, was er dann tut."

„Woher weißt du, dass er dir nicht die Wahrheit sagt?"

„Also, vielleicht liege ich da ja falsch, aber zumindest einmal stimmte nicht, was er erzählt hat. Er hatte mir gesagt, dass er sich mit einem Freund treffen wollte, aber dann habe ich genau diesen Freund im Shoppingcenter gesehen. Und von Markus war weit und breit keine Spur."

„Was hat dein Freund dazu gesagt?"

„Ich, äh ... ich habe mich nicht getraut, ihn zu fragen. Ich dachte, wenn eine andere Frau dahintersteckt, sagt er mir sowieso nicht die Wahrheit, dann passt er in Zukunft höchstens noch besser auf. Also habe ich meinen Verdacht für mich behalten und weiter beobachtet."

„Und? Kam es zu weiteren Unstimmigkeiten?"

„Nicht direkt. Ich konnte das schwer nachprüfen, meist hat er angegeben, dass er arbeiten musste. Aber was mir aufgefallen ist ... Kennst du diese iPhone-App, mit der man sehen kann, wo sich deine Freunde gerade aufhalten?"

Elin nickte.

„Wir haben uns auf dieser App schon vor geraumer Zeit den Zugriff eingeräumt, sodass wir beide sehen können, wo sich der andere gerade befindet. Normalerweise habe ich das nur selten genutzt, zum Beispiel, wenn ich mal länger auf ihn warten musste, aber nach der Story mit dem Freund bin ich dazu übergegangen, regelmäßiger zu überprüfen, wo Markus sich herumtreibt. Tagsüber konnte ich ihn immer sehen und die Aufenthaltsorte hatten sicher mit seiner Arbeit zu tun, aber abends verschwand er oft von der App. Vielleicht hatte er ja kein Netz, aber es scheint mir wahrscheinlicher, dass er die App-Einstellung für diese Zeiträume geändert hat, so dass er nicht sichtbar war."

„Was arbeitet dein Freund denn?" Elins Gehirn war so geschmeidig wie kalte Knetmasse, sie musste sich richtig anstrengen, um mitzukommen. Sie war froh, dass ihr zumindest diese Frage eingefallen war.

„Er ist Immobilienmakler. Deshalb fährt er ziemlich viel in Stockholm herum, auch wenn er hauptsächlich Objekte im Süden vermittelt."

„Und wie lang verschwand er von der App?"

„Das ist es vor allem, was mir merkwürdig erscheint. Er war jeweils für mehrere Stunden nicht zu sehen."

„Darauf hast du ihn aber auch nicht angesprochen?"

Helena zögerte, sie nahm noch einen Schluck Kaffee. „Nein, nur einmal. Da hatte ich mit dem Abendessen auf ihn gewartet und er war schon über eine Stunde zu spät. Ich konnte ihn nicht auf dem Handy erreichen und erst eine Viertelstunde, bevor er kam, tauchte er wieder in der App auf, und da war er wieder auf dem Weg nach Hause. Als ich ihn darauf ansprach, reagierte er ziemlich gereizt und warf mir vor, ich wollte ihn kontrollieren. Ich habe das natürlich abgestritten und sagte zur Erklärung, dass ich nur wegen des Essens sehen wollte, ob er schon in der Nähe war. Er hat sich dann abgeregt, aber das war für mich Grund genug, ihn nicht erneut darauf anzusprechen. Auf der anderen Seite hat mich seine Reaktion noch misstrauischer gemacht."

„Aber eine Erklärung für sein Verschwinden auf der App hast du trotzdem nicht bekommen?"

„Doch, er hat behauptet, sein Akku sei leer gewesen und er hätte das erst im Auto bemerkt und dann das Telefon zum Aufladen dort angeschlossen. Das kann ich natürlich nicht überprüfen, aber wenn er jobmäßig unterwegs ist, muss er eigentlich ständig erreichbar sein, deswegen glaube ich seiner Erklärung nicht so richtig — er war nämlich mehr als zwei Stunden nicht zu sehen."

„Verstehe. Und du vermutest also, dass eine andere Frau dahintersteckt?" Elin sah Helena an, die nickte. „Hast du dafür weitere, konkrete Anzeichen?"

Helena sah nach unten. „Nein, kann ich nicht behaupten."

Irgendwie hatte Elin den Eindruck, dass es noch mehr zu berichten gab. „Verhält er sich zu Hause irgendwie anders?"

„Ja, schon", gab Helena zögernd zu. „Er ist oft gereizt, aber er sagt, dass das am Stress bei der Arbeit liegt."

„Wie lang seid ihr schon zusammen?"

„Wir kennen uns bereits über vier Jahre und wohnen seit knapp drei Jahren zusammen."

Elin überlegte, wie sie ihre nächste Frage am besten stellen konnte, aber sie hatte immer noch Schwierigkeiten mit dem klaren Denken, also ließ sie es einfach heraus: „Wie läuft es mit dem Sex?"

Helena wurde rot, rutschte unruhig auf ihrem Stuhl hin und her — dieses Thema war ihr offensichtlich unangenehm. Elins Einschätzung war also richtig gewesen.

„Um ehrlich zu sein, ist das weniger geworden. Aber das ist ja normal, das ist doch in den meisten Beziehungen so." Sie vermied den Augenkontakt mit Elin. „Was mich mehr stört, ist, dass er schon seit längerem nicht so sehr die körperliche Nähe sucht, wenn du verstehst, was ich meine."

„Küsschen zum Abschied und so etwas?"

„Nein, das macht er schon, auch wenn die Initiative eher von mir ausgeht. Ich denke mehr an spontane Umarmungen oder Händchen halten."

„Okay, verstehe." Elin lehnte sich zurück und nahm das letzte Stück von ihrer Zimtrolle. „Wie hast du dir das nun vorgestellt? Soll ich deinem Freund einfach mal ein paar Abende hinterherfahren?"

Helena nickte. „Ja, genau. Ich gebe dir unsere Adresse und die von seiner Firma, außerdem eine Beschreibung seines Autos samt Kennzeichen. Ich habe das schon mal vorbereitet und dir ausgedruckt." Sie reichte Elin ein Blatt Papier mit den versprochenen Angaben. „Ich kann das auch noch per Mail schicken, falls du das lieber elektronisch haben möchtest."

„Ja, gern, dann habe ich das immer in meinem Smartphone verfügbar. Gibt es einen bestimmten Tag, an dem er regelmäßig verschwindet?"

„Nein, leider nicht. Möglicherweise gibt es eine gewisse Präferenz für Dienstag, aber insgesamt ist es ziemlich unregelmäßig. Allerdings fällt es mir schon mindestens zweimal pro Woche auf."

„Nur während der Woche oder verschwindet er auch am Wochenende?"

„Beides. Das Wochenende ist ja ebenfalls Arbeitszeit — da laufen die meisten Besichtigungen."

Klar, das hätte sie eigentlich wissen müssen. Es war wirklich nicht ihr Tag, irgendwie schienen jetzt auch die Kopfschmerzen zurückzukommen. Wahrscheinlich von der Konzentration auf das Gespräch.

Sie klärten noch das Finanzielle, das war aber einfach; Elin schlug einen guten Preis vor und Helena hatte kein Problem damit, sie bezahlte sogar anstandslos einen kleinen Vorschuss. Danach erhob sich Helena und verabschiedete sich. Sie versprach, sich sofort bei Elin zu melden, wenn sie bemerkte, dass ihr Freund an einem bestimmten Tag auf Abwegen war oder er schon im Voraus ankündigen sollte, dass es später werden würde.

Elin entschloss sich, noch ein wenig im Café sitzen zu bleiben; sie holte sich einen zweiten Kaffee, ging das Gespräch in Gedanken noch einmal durch und machte sich ein paar Notizen. Irgendwie hatte Elin das Gefühl, dass Helena ihr nicht alles erzählt hatte. Sie konnte es zwar nicht so richtig an etwas festmachen, aber ihre Intuition sagte ihr, dass Helena mit irgendetwas hinterm Berg hielt. Na, sie konnte nur hoffen, dass ihr für ihren Auftrag keine grundlegenden Infos fehlen würden. Egal, sie hatte ihren ersten Auftrag an Land gezogen, sogar in verkatertem Zustand — darauf konnte sie in jedem Fall stolz sein.

***

Am Sonntag ging es Elin wieder gut, sie hatte keine Kopfschmerzen mehr und konnte auch wieder klar denken. Nach einer Joggingrunde durch den nahe gelegenen *Kristineberg*-Park und der anschließenden Dusche war sie voll auf der Höhe. Schon während des Laufens war ihr eingefallen, dass sie bei dem Gespräch mit Helena doch noch einiges hätte fragen sollen — sie wusste zum Beispiel gar nichts über ihre Auftraggeberin, wo und was sie arbeitete etc. Außerdem hatte sie keine Ahnung, wie Markus aussah — sie hatte vollständig vergessen, nach einem Foto zu fragen. Sie war wirklich nicht so auf Zack gewesen wie sonst.

Aber das mit dem Foto ließ sich vielleicht lösen, die meisten Maklerbüros hatten eine Website mit Kontaktdaten ihrer Mitarbeiter, oft waren da auch Fotos dabei. Sie suchte im Internet nach der Firma und hatte Glück: Markus Lager war dort aufgelistet, mit Foto, E-Mail-Adresse und Telefonnummer. So brauchte sie sich keine Blöße geben und Helena danach fragen. Markus sah ganz gut aus, wenn auch nicht gerade wie ein Frauenheld. Aber Fotos konnten täuschen, Charme ließ sich schlecht ablichten.

In jedem Fall konnte sie nun mit der Planung der Überwachung beginnen, sie würde versuchen, ihn jeden Nachmittag nach Dienstschluss beim Maklerbüro abzupassen und ihm zu folgen. Dazu musste sie sich Majas Auto leihen, aber das war sicher kein Problem, Maja nutzte ihr Auto während der Woche so gut wie nie.

3

Elin trat aus der Tür vom Bürogebäude, in dem sich ihre Arbeitsstelle befand. Sie musste sich beeilen, um ihre Überwachung rechtzeitig zu beginnen. Sie wollte vermeiden, dass Markus einen zu großen Vorsprung bekam — dann würde sie möglicherweise den Zeitpunkt verpassen, an dem er sich mit jemandem traf. Ihr Tracking-Programm hatte ihr angezeigt, dass Markus bereits unterwegs war, Richtung Süden. Am Vortag war es Elin nämlich gelungen, seinem Auto einen Peilsender zu verpassen, das war doch schwieriger gewesen, als sie angenommen hatte. Zum Büro seiner Firma gehörte eine Tiefgarage, in die man nur mit Zugangscode kam, und bei Markus zu Hause stand sein BMW in einem abgeschlossenen Innenhof. Wieder etwas, was sie vergessen hatte, Helena zu fragen. Natürlich hätte sie ihre Auftraggeberin auch jetzt noch um Zugang zum Innenhof bitten können, aber da Markus an ihrem ersten Überwachungstag bereits zu Hause war, ging das logischerweise nicht mehr.

Aber gestern, am zweiten Tag der Überwachung, als Markus gerade bei einer Wohnungsbesichtigung war und sein Auto am Straßenrand parkte, konnte Elin einen Peilsender anbringen. Damit war es jetzt ein Leichtes, ihm zu folgen. Gut, dass es diese Ausrüstung auf Elins Arbeitsstelle gab und sie dafür zuständig war. So konnte sie sich Sender und Laptop ausleihen, ohne dass es jemandem auffiel.

Majas Auto stand um die Ecke. Elin hatte gleich für den ganzen Tag Parkgebühren bezahlt, was zwar ziemlich ins Geld ging, aber sich gelohnt hatte, denn nun konnte sie direkt losfahren und brauchte den Wagen nicht erst von zu Hause holen.

Es ging immer weiter nach Süden, offenbar aus der Stadt heraus. Der Laptop stand neben ihr auf dem Beifahrersitz und sie prüfte immer wieder, ob sie sich auch wirklich hinter dem grünen Punkt auf der Karte befand. Gesehen hatte sie Markus' Auto noch nicht, der Abstand war zu groß. Sie konnte nur hoffen, dass es nicht wieder um ein berufliches Anliegen ging, eine Hausbesichtigung oder ein Treffen mit einem Kunden, dann wäre die Verfolgung umsonst gewesen. Obwohl — vielleicht irrte sich Helena ja und ihr Freund hatte gar keine andere Beziehung laufen. Wie lang würde sie ihn dann überwachen müssen? Darüber hatten sie auch nicht gesprochen, Elin verfluchte sich noch einmal für ihren übermäßigen Weingenuss vor dem ersten Treffen mit Helena – der hatte ihr wirklich das Denkvermögen geraubt. Na ja, spätestens nach zwei

Wochen ergebnisloser Überwachung würde sie mit Helena Rücksprache halten.

Elins Smartphone piepte, sie hatte eine SMS bekommen. Als sie an der nächsten Ampel halten musste, schaute sie nach. Die SMS war nicht von Maja, wie sie vermutet hatte, sondern von Helena, die ihr mitteilte, dass der gute Markus gerade von der Freunde-App verschwunden war. Na, das klang vielversprechend und konnte durchaus bedeuten, dass heute noch etwas Interessantes passieren würde. Elins Motivation stieg. Jetzt kam es darauf an, den Abstand zu verkleinern, sie wollte ungern beim Ziel ankommen, nur um festzustellen, dass Markus schon in irgendeinem Haus verschwunden war.

Es ging noch weitere zwanzig Minuten Richtung Süden, aus Stockholm heraus. Elin hatte Markus fast eingeholt, als er von der Landstraße 259 abbog und den Weg auf kleineren Straßen fortsetzte. Hier hielt Elin bewusst Abstand, um nicht aufzufallen. Die Geschwindigkeit wurde langsamer, weil die Wege immer schmaler wurden. Es waren kaum noch Häuser zu sehen, stattdessen wechselten sich Felder und Wälder ab. Schließlich bog Markus in eine kleine Ferienhaussiedlung ab. Vorsichtig folgte Elin; sie hielt vor einer Garagenausfahrt und wollte erst einmal abwarten, welches Ziel Markus hatte. In dieser Gegend konnte sie Markus nicht wie geplant beobachten, wenn er ein Haus betrat, sie würde sofort auffallen. Elin beobachtete den grünen Punkt auf dem Schirm. Markus fuhr weiter, auf einem kleinen Feldweg auf der anderen Seite der Siedlung. Elin setzte sich wieder in Bewegung. Als sie bei dem Feldweg ankam, zweifelte sie. Sollte sie Markus mit dem Auto weiter folgen? Der Weg war einspurig, wahrscheinlich gab es nur alle paar hundert Meter eine Ausweichstelle. Auf ihrem Bildschirm sah es nicht danach aus, dass dieser Weg noch sehr viel weiter führen würde. Wahrscheinlich lagen am Ende ein paar Häuser und das war es. Mit dem Auto würde sie hier so unauffällig sein wie ein Obdachloser im Luxusrestaurant, also ging sie besser zu Fuß weiter. Sollte sie den Laptop mitschleppen? Nein, das war keine gute Idee. Mit diesem sperrigen Teil in der Hand war sie viel zu unbeweglich und sie wollte auf keinen Fall bemerkt werden. Also stellte Elin den Wagen um die nächste Ecke und wartete, bis der grüne Punkt sein Ziel erreicht hatte. Der Feldweg machte einige Schleifen, dann schien Markus noch einmal rechts abzubiegen und blieb nach einigen hundert Metern endgültig stehen. Um sicherzugehen, dass er nicht doch weiter fuhr, wartete Elin noch zwei Minuten, dann stieg sie aus. Sie hatte eine Baseballkappe aufgesetzt und war mit ihrem Smartphone, einem Feldstecher, einer Digitalkamera mit Zoom und einem Klappmesser sowie einem ausziehbaren Schlagstock ausgerüstet — man konnte ja nie wissen. Nachdem Elin dem Feldweg eine Weile gefolgt war und ihr weder Autos noch Menschen begegnet waren, kam sie zu der Stelle, wo Markus abgebogen war. Es war weit und breit kein Haus zu sehen. Allerdings begann hier ein Wald, dort konnten sich natürlich noch Häuser befinden, die von ihrem Standort aus nicht zu sehen waren. Elin entschloss sich, den Weg zu verlassen und parallel im Wald weiter zu laufen. Das dauerte zwar länger und war wegen des vielen Gestrüpps anstrengender, aber so war sie wenigstens in Deckung, falls jemand kam.

Es dauerte eine kleine Weile, bis Elin das Ende des Weges erreichte. Dort stand eine kleine Hütte, dunkelrot gestrichen, mit weißen Fensterumrahmungen und hellroten Dachziegeln — ganz typisch, wie es sie überall in Schweden gab. Wahrscheinlich ein Sommerhaus oder vielleicht eine Raststation für Waldarbeiter? Rundherum sah Elin jede Menge aufgeschichtetes Brennholz. Zwei Autos standen vor der Hütte, das eine war Markus' schwarzer BMW, das andere war ein dunkelblauer Volvo V70. In keinem der Autos saß jemand, auch auf dem Hof war niemand zu sehen. Elin blieb in der Deckung der Bäume und umkreiste das Grundstück vorsichtig. Sie holte ihr Fernglas heraus und versuchte, jemanden durch die Fenster zu entdecken, aber das Einzige, was sie zu sehen glaubte, waren einige Schattenbewegungen. Es blieb ihr nichts anderes übrig als zu warten. Alles sah nach einem Stelldichein aus, wahrscheinlich war Markus' Geliebte schon vorher eingetroffen und hatte ihn sehnsüchtig erwartet. Was die jetzt da drinnen machten, war wohl nicht so schwer zu erraten. Das Beste wäre natürlich, wenn sie die beiden durchs Fenster in flagranti fotografieren könnte. Aber sie wollte auf keinen Fall riskieren, dabei bemerkt zu werden. Sie schaute zu den Holzstapeln. Elin entschloss sich, es zu wagen, schlich hinter einem Holzstapel bis zu einer Ecke des Hauses und huschte dann weiter entlang der Hauswand bis zu einem Fenster auf einer Seite des Hauses. Alles ging glatt, nichts rührte sich. Sie horchte, konnte aber nur ein Gemurmel von Stimmen hören. Hatten sie ein Radio oder den Fernseher an? Langsam richtete sich Elin neben dem Fenster auf und lugte vorsichtig von der Seite in die Hütte. Sie konnte zwar nur einen Teil des Wohnzimmers einsehen, doch dort entdeckte sie zwei Personen, allerdings nicht in eindeutiger Pose, wie sie gehofft hatte. Außerdem waren es zwei Männer, da war sie sich ziemlich sicher. Der eine saß an einem Tisch vor einem PC, der andere — das musste Markus sein — stand hinter ihm und schaute ebenfalls auf den Schirm. Elin zog den Kopf zurück. Was hatte das zu bedeuten? War Markus schwul und traf sich hier mit seinem Geliebten? Aber hatten die nichts Besseres zu tun als am PC zu spielen? Elin schaute noch einmal hinein. Sie war nun ganz sicher, das war Markus mit einem anderen Mann. Sie schaltete ihre Digitalkamera ein und überprüfte, ob die Blitzfunktion auch wirklich ausgeschaltet war. Dann richtete sie die Kamera durch das Fenster und drückte ein paar Mal ab. Ja, die Fotos waren okay. Elin kontrollierte auf dem kleinen Schirm, ob beide Männer deutlich zu sehen waren. Das sollte reichen und vielleicht konnte sie die beiden noch einmal beim Verlassen des Hauses ablichten. Elin schlich zum

Holzstapel zurück und suchte sich ein Versteck zwischen den Bäumen, sodass sie sowohl die Autos als auch den Eingang gut im Blick hatte. Sie machte gleich noch ein Bild von dem Volvo und stellte sicher, dass das Kennzeichen auf dem Foto gut zu lesen war.

Das Warten wurde ihr lang und es wurde auch nicht besser durch die ‚Waldbevölkerung‘. Von unten kamen die Ameisen, die sie ständig wieder von ihrer Hose abklopfen musste, und von oben kamen die Mücken mit ihrem schrillen Summen. Elin hatte leider kein Mückenspray dabei, sie hatte schließlich nicht damit gerechnet, dass ihre Überwachung im Wald enden würde. Warum konnte Markus sein Verhältnis nicht irgendwo in der Stadt treffen wie vernünftige Menschen.

Fast zwei Stunden und viele Mückenstiche später ging die Haustür auf. Elin riss die Kamera hoch und zielte auf den Eingang. Sie war so verdattert, dass sie fast vergaß, auf den Auslöser zu drücken: heraus kamen vier Männer, einer davon war Markus. Nacheinander stiegen sie die drei Stufen vor dem Eingang hinunter. Der letzte, er war sehr groß, schloss die Tür hinter sich ab. Zum Abschied hoben sie kurz die Hand und riefen „*hejdå*“, aber es kam zu keinerlei Austausch von Zärtlichkeiten oder sonstigen verdächtigen Handlungen. Dann stiegen jeweils zwei von ihnen in ein Auto und fuhren davon. Elin blieb fassungslos zurück. Was lief denn hier? Oder vielmehr: was lief hier nicht? Es sah überhaupt nicht nach einem Verhältnis aus. Allerdings verstand sie auch nicht, warum die Typen sich hier in der Einöde treffen mussten, wenn das alles völlig harmlos war.

Elin wartete noch zehn Minuten, um sicherzustellen, dass keiner zurückkam. Dann ging sie zum Haus und machte noch einige Fotos durch jedes der Fenster, obwohl drinnen überhaupt nichts Auffälliges zu sehen war: Die Einrichtung war primitiv, ein großes Zimmer mit einer Küchenecke, ein kleinerer Raum mit einem Bett und ein einfaches Badezimmer. Das einzig Merkwürdige waren zwei stationäre Computer im Wohnzimmer, der eine auf dem Tisch, der andere auf einem Gestell an der Wand.

Elin würde sich auf dem Rückweg überlegen, welche Schlüsse sie daraus zog. In jedem Fall hatte sie nichts gefunden, was Helenas Verdacht bestätigen konnte.

4

Es war wieder Samstag und sie saßen erneut in der ‚*Vete-Katten*‘. Helena war wieder zuerst dort gewesen, diesmal aber ohne die rote Handtasche. Ansonsten war sie genauso adrett angezogen wie beim ersten Treffen: schwarzer Blazer, weiße Bluse, beige Hose, goldene Halskette mit einem rubinroten Anhänger, wieder kein Modeschmuck. Elin hatte sich gerade einen Kaffee geholt und setzte sich.

Helena sah sie ernst an: „Du wolltest mir ja am Telefon nichts sagen. Jetzt bin ich aber wirklich gespannt, was du herausgefunden hast.“

Elin spürte den leichten Vorwurf. „Ja, Helena, ich fand es nicht geeignet, mit dir darüber am Telefon zu sprechen. Auch wenn es nicht so dramatisch ist, wie du vielleicht befürchtest. Um es gleich vorweg zu sagen: Ich habe keine Anhaltspunkte gefunden, dass dein Freund sich mit einer anderen Frau trifft oder sogar ein Verhältnis hat.“

Helena entspannte sich sichtlich, sie lehnte sich in ihrem Stuhl zurück. „Das hättest du mir aber schon am Telefon sagen können.“

„Ja, vielleicht. Aber ich wollte dir gern die ganze Geschichte in einem Stück erzählen. Außerdem gibt es ein paar Fotos, die du dir ansehen solltest.“ Elin holte

Luft. „Also, wie du weißt, bin ich Markus in den letzten Tagen gefolgt. Am Dienstag hattest du mir ja die SMS geschickt, dass er sich für den Abend bei dir abgemeldet hatte. Sowohl am Dienstag als auch am Donnerstag wurde ziemlich schnell klar, dass er nicht beruflich unterwegs war.“

„Stimmt, am Dienstag kam er später. Am Donnerstag hat er mir nichts gesagt und er kam eigentlich nicht so spät nach Hause.“

„Ja, da war er auch nur eine halbe Stunde in der Hütte, zu der er gefahren ist. Das heißt, er war schon um halb sieben wieder bei dir zuhause.“

Helena lehnte sich vor und fragte misstrauisch: „Du sagst ‚Hütte‘. Bedeutet das, er trifft sich doch mit jemandem?“

„Ja, an beiden Tagen hat er sich mit drei Männern getroffen. Die Hütte befindet sich südlich von Stockholm, in einem Waldstück bei *Vidja*, das ist zwischen *Flemingsberg* und *Haninge*. Die Hütte ist ziemlich abgelegen. Markus fuhr jedes Mal allein dorthin, die anderen Männer kamen mit einem eigenen Auto. Am ersten Tag waren die drei schon dort und nachdem Markus ankam, sind sie zwei Stunden geblieben. Hier, ich habe Fotos von der Hütte, den Männern und deren Wagen gemacht.“

Elin breitete eine Reihe von ausgedruckten Fotos auf dem Tisch aus, die Helena eingehend betrachtete. Elin beobachtete sie dabei genau, aber Helena gab nicht zu erkennen, ob sie irgendetwas davon kannte.

Sie hatte die Augenbrauen zusammengekniffen, eine kleine Falte bildete sich über der Nase.

„Die Männer kenne ich nicht und die Hütte kommt mir auch nicht bekannt vor." Helena schaute auf. „Was machen die da drin?"

Elin zögerte. „Ja, den Teil konnte ich nicht eindeutig klären. Wenn du willst, steige ich da gern noch tiefer ein und finde mehr heraus. Auf jeden Fall ... wie du auf dem dritten Foto siehst, sitzt einer von ihnen am PC und Markus scheint mit ihm irgendetwas auf dem Schirm anzuschauen. Auf den zwei folgenden Bildern kann man erkennen, dass es mindestens zwei Computer in der Hütte gibt — die habe ich aufgenommen, als die Männer bereits gegangen waren. Beide Computer sind stationär, deshalb gehe ich davon aus, dass die vier sich öfter dort treffen und immer diese Geräte verwenden. Vielleicht machen die irgendwelche Computer-Spiele oder arbeiten an einer Online-Geschäftsidee?"

Helena sah in die Luft, sie schien zu überlegen.

Elin setzte fort: „Zuerst habe ich nur Markus und den einen Mann gesehen und hatte schon überlegt, ob er vielleicht ein Verhältnis mit einem Mann hat." Helena schüttelte heftig den Kopf, deshalb sprach Elin schnell weiter: „Aber darauf gab es keinerlei Hinweise. Ich habe nur gesehen, dass sie gemeinsam am PC arbeiteten. Und auch beim Abschied war alles sehr kameradschaftlich. Wie du auf diesem Foto sehen kannst, ist dann einer der Männer mit Markus mitgefahren, aber ich glaube, es war nicht der gleiche

Mann, der mit ihm an dem Computer saß." Elin zeigte auf die verschiedenen Bilder.

„Ich kann mir überhaupt nicht vorstellen, dass Markus etwas mit einem Mann hat. Das ist völlig absurd!"

„Jaja, das war auch nur ein erster Gedanke." Elin hob abwehrend die Hände. Offenbar war das ein äußerst unangenehmer Gedanke für Helena, vielleicht war sie in Bezug auf Homosexualität etwas konservativ. Sie würde Helena gegenüber auch lieber nichts über ihre eigene lesbische Partnerschaft mit Maja erwähnen. „Wie gesagt, es gab keinerlei Hinweis auf eine romantische Beziehung."

„Okay, die Bilder sind alle vom Dienstag, oder?"

„Ja, stimmt. Am Donnerstag bin ich ihm nicht bis zu der Hütte gefolgt, sondern habe am Anfang dieses Feldweges gewartet. Alle vier kamen dann auch schon nach einer halben Stunde wieder heraus. Ich habe noch diese beiden Fotos hier geschossen. Man sieht aber nur die beiden Autos, es ist schwer, zu erkennen, wer darin sitzt. Es scheint aber so, als ob Markus erneut einen von den anderen mitgenommen hat. An diesem Abend bin ich ihnen aber nicht mehr zurück gefolgt."

Was Elin nicht erwähnte, war, dass der Volvo kurz angehalten hatte, und die Typen darin zu ihrem Auto herüberschauten. Sie hatte sich schnell runtergeduckt, und gehofft, dass die Vier sie nicht gesehen haben. Zum Glück waren die Typen nicht ausgestiegen, sondern, nach einer Schrecksekunde für Elin, weitergefahren. Elin vermied es auch, Helena von dem Peilsender zu erzählen, mit dessen Hilfe sie hatte sehen können, dass Markus auf direktem Wege nach Hause gefahren war. Den anderen Mann hatte er wahrscheinlich irgendwo auf der Strecke abgesetzt. Als Markus' Wagen dann am Freitag kurz vor dem Maklerbüro geparkt war, konnte Elin den Peilsender wieder entfernen.

„Okay, verstehe." Helena schien zufrieden. „Das heißt, mein Verdacht, dass er sich mit einer anderen Frau trifft, hat sich nicht bestätigt. Das reicht mir eigentlich. Was er in dieser Hütte mit seinen Kumpeln treibt, ist mir egal. Ich weiß zwar nicht, wieso er daraus so ein Geheimnis macht, aber das ist seine Sache. Ich erzähle ihm ja auch nicht alles."

Elin konnte das nicht verstehen. Sie würde an Helenas Stelle herausfinden wollen, was der Kerl treibt. Aber der einfachste Weg für Helena war ja, Markus direkt zu fragen. Dafür einen Privatdetektiv ins Spiel zu bringen, war schon irgendwie der Overkill. Helena hatte sie ja auch nur engagiert, um ein potenzielles Verhältnis aufzudecken. Oder eben diesen Verdacht zu widerlegen, was Elin gelungen war.

Sie klärten noch Elins ausstehende Vergütung und verabschiedeten sich. Elin war nicht so richtig zufrieden mit dem Ergebnis dieses Falles. Sie hatte immer noch ein komisches Gefühl, wenn sie an die heimlichen Treffen in der Hütte dachte, aber was sollte sie tun? Es war nicht mehr ihr Problem. Sie hatte ihren ersten eigenen Auftrag zur Zufriedenheit ihrer

Klientin abgeschlossen, und das war die Hauptsache, zumindest mit dem Teil konnte sie zufrieden sein.

32

5

Elin hörte, wie die Wohnungstür aufgeschlossen wurde, Maja kam nach Hause. Elin sprang auf und eilte in den kleinen Flur. Sie fiel Maja um den Hals. „*Hej*, super, dass du da bist. Habe dich vermisst."

Maja küsste sie. „Ich dich auch, mein Schatz." Sie zog ihre nasse Softshell-Jacke aus, heute hatte es praktisch den ganzen Tag geregnet, selten in Stockholm, auch wenn der Juni fast immer mit vielen Schauern kam.

„Du bist sicher hungrig, ich habe *Penne Arrabiata* gemacht."

„Toll, das ist genau richtig bei dem Sauwetter." Maja schüttelte ihre langen, dunklen Haare und ging zum Spiegel, um sich zu kämmen. „Sag mal, ist dir der Typ auch aufgefallen?"

Elin schaute sie fragend an: „Welcher Typ?"

„Gegenüber in dem Eingang neben dem Supermarkt. Als ich vorhin beim Studio ankam, war der auch dort. Und ich glaube, den habe ich schon gestern hier vorm Haus gesehen. Auf jeden Fall habe ich den Eindruck, dass er mich beobachtet."

„Vielleicht steht der auf dich." Elin glückste. „Kann ich ihm nicht verdenken."

Maja grinste. „Ja, möglich. Aber als ich ihn direkt anguckte, hat er sich sofort umgedreht, als wenn ich ihn bei irgendetwas ertappt hätte. Aber vielleicht irre ich mich auch und das hat alles nichts mit mir zu tun. Einfach nur Zufall."

Elins Spürsinn war geweckt. „Meinst du, der steht noch da? Zeig ihn mir mal!"

Sie ging ins Wohnzimmer, das zur Straße lag, stellte sich neben das Fenster und lugte vorsichtig hinaus. Maja tat es ihr auf der anderen Seite gleich.

„Ja, er ist noch da. Siehst du den Typ mit dem braunen Parka?"

Elin nickte. „Ja, jetzt scheint er sogar hier hochzusehen. Er soll uns nicht bemerken!"

Maja ging vom Fenster weg Richtung Küche. „Ich hole mir die Pasta. Du kannst ihn ja weiter begutachten. Schließlich bist du die Detektivin."

Elin blieb noch einige Minuten am Fenster stehen und beobachtete den Mann. Er hatte die Kapuze auf, obwohl der Regen ihm in dem Eingang sicher nichts anhaben konnte. Er stand da und schien zu warten, aber schaute auch immer mal wieder an ihrem Haus hinauf. Es war natürlich nicht genau auszumachen, welches Stockwerk und welche Wohnung ihn interessierte, aber das war schon merkwürdig.

Nach dem Essen wollte Maja den Fernseher einschalten. Elin bat sie, zu warten. „Ich will noch mal nach dem Typen sehen. Vielleicht ist er jetzt weg." Es war schon schummrig draußen und sie wollte nicht, dass man ihren Schatten hinter dem Fenster sehen konnte. Die Uhr zeigte nach einundzwanzig Uhr an und die Sonne würde in etwa einer Stunde untergehen. Elin stellte sich wieder neben das Fenster und steckte den Kopf vorsichtig vor. Komisch, der Kerl stand immer noch da, ja und jetzt hob er wieder den Blick, und es sah aus, als ob er direkt in ihr Fenster sah. Das gefiel ihr gar nicht. Sie würde den Kerl im Auge behalten. Wenn der wirklich Maja oder sogar sie beide im Visier hatte, würde sie das schon herausfinden.

6

Ein weiterer Arbeitstag im Büro war ohne besondere Vorkommnisse vorübergegangen. Elin hatte Feuer gefangen und überprüfte nun ständig ihr Postfach in der Hoffnung auf eine neue Anfrage, aber da war nichts. Es war zum Mäusemelken! Sie wollte so gern einen weiteren Auftrag, einen, der sie richtig herausforderte und noch interessanter war als der von Helena. Noch ein drittes Mal war sie zur Hütte gefahren und hatte dort die Männer gesehen, aber da sich nichts Neues ergeben hatte, war die Geschichte für Elin erledigt.

Wieder zurück in ihrer Wohnung, hatte sie sich etwas Bequemes angezogen und eine Kleinigkeit gegessen. Sie stand gerade im Bad und wusch sich die Hände, als Maja nach Hause kam.

„Elin!" Maja schrie förmlich. Die Wohnungstür knallte, Majas Tasche landete geräuschvoll in einer Ecke und ihre schnellen Schritte waren im Wohnzimmer zu hören. Elin trocknete sich rasch die Hände ab. Das war gar nicht typisch für Maja, sie war sonst immer die Ruhe selbst. Irgendetwas musste passiert sein. Sie machte die Tür auf, Maja stand vor ihr und stemmte die Hände in die Hüften. Ihr Gesicht war rot, der Atem ging schnell und sie starrte sie grimmig an: „Was hast du getan? Wo warst du mit meinem Auto?"

„Maja. Jetzt beruhige dich erst mal! Was ist denn passiert?"

„Ich will mich nicht beruhigen. Ich will wissen, wo du mit meinem Auto warst. Verdammt." Ihre dunklen Augen funkelten sie an.

„Ja, kein Problem. Ich sag's dir ja. Komm, wir setzen uns!" Elin machte einen Schritt auf sie zu, wollte Maja in den Arm nehmen, aber Maja wehrte sie ab. „Was denn? Ich habe dir nichts getan. Was immer es ist, ich habe es nicht mit Absicht gemacht. Was ist denn mit dem Auto? Ist etwas kaputt?"

Elin sah sie verzweifelt an, so hatte sie Maja noch nie erlebt. Gewöhnlich war es Maja, die Elin beruhigen musste, nicht umgekehrt. „Komm, lass mich dich in den Arm nehmen. Ich liebe dich."

Das schien zu wirken. Maja senkte den Blick, die Schultern fielen herab. Elin legte den Arm um sie und drückte sie an sich. Was war nur los? Maja schluchzte. Sie umarmte Elin und drückte sie an sich. Ihre Schultern zuckten, dann heulte sie los wie ein Schoßhund. Halleluja, das musste etwas wirklich Ernstes sein, Maja weinte fast nie und schon gar nicht so heftig. Elin fing an, sich ernsthafte Sorgen zu machen. Was war nur vorgefallen? Sie hatte doch das Auto wieder in den Hof gestellt und da war noch alles damit in Ordnung gewesen. Falls sich jemand am Wagen zu schaffen gemacht hatte, dann danach. Aber warum glaubte Maja, dass Elin schuld daran war, das passte überhaupt nicht zu ihr. Langsam ebbte das Schluchzen ab. Sie führte Maja ins Wohnzimmer und setzte sie auf die Couch, Elin hockte sich vor sie und sah ihr in die verweinten Augen. „Jetzt erzählst du mir alles und wenn ich daran Schuld habe, gebe ich es sofort zu. Ehrenwort! Und ich werde mich in aller Form entschuldigen. Aber ich weiß wirklich nicht, was mit deinem Auto sein sollte. Ich hatte es mir vorgestern noch mal ausgeliehen und es dann aber wieder wie immer auf den Hof gestellt. Da war noch alles in Ordnung damit. Ich schwöre." Elin hob die rechte Hand.

Majas linker Mundwinkel zuckte kurz, wie bei einem verunglückten Lächeln. Sie kramte in ihrer Hosentasche, förderte ein Papiertaschentuch zutage und schnaubte ihre Nase. Sie wischte sich mit dem Handrücken über die Augen, zum Glück hatte sie keine Schminke aufgetragen, sonst sähe sie jetzt noch schlimmer aus. „Ich bin überfallen worden", stieß sie schließlich heraus.

„Was? Bist du verletzt?" Elin konnte es nicht fassen. Maja war extrem gut trainiert, sie konnte jede Technik der Selbstverteidigung im Schlaf. Und was hatte das mit dem Auto zu tun?

„Nein. Sie haben mich nur bedroht."

„Ein Glück." Elin atmete auf. Wenigstens war Maja unverletzt. „Aber wer hat dich bedroht? Jetzt erzähle mir bitte die ganze Geschichte von vorn!" Elin schaute sie eindringlich an. „Okay, Maja?"

Maja schnaubte noch einmal ins Taschentuch, dann lehnte sie sich zurück. „Ja. Also, ich bin aus dem Studio raus, und wollte zur U-Bahn. Da es ja noch so hell war, habe ich die Abkürzung durch den Park genommen. Es war niemand zu sehen, bis auf den Typ, der mich schon die letzten Tage verfolgt hat. Er saß mitten im Park auf einer Bank. Ich hab' noch überlegt, ob ich umdrehen sollte, dachte dann aber, jetzt erfahre ich endlich, worum es hier eigentlich geht, und bin direkt auf ihn zu. Er ist sofort aufgestanden, und da habe ich erst bemerkt, dass er eine Maske aufhatte. Ich wollte sofort zurück, aber als ich mich umdrehe, stehen drei weitere Kerle vor mir, auch alle mit Masken. Ich wollte nach rechts ausbrechen, aber schon hatte ich ein Messer am Hals, und die Typen hielten mich von allen Seiten fest. Dann haben sie mich vom Weg runter in die Büsche gezogen, einer flüsterte mir zu, dass ich die Schnauze halten sollte. Ich war überzeugt, dass die mich vergewaltigen wollten und ich überlegte krampfhaft, wie ich mich befreien könnte. Doch dann sagte der eine, das war so ein Großer, bestimmt über einen Meter neunzig, zu mir, dass sie nur mit mir reden wollten. Das habe ich zwar nicht geglaubt, habe aber doch abgewartet, was sie sagen würden."

Elin starrte sie wie gebannt an. „Ich muss was trinken", sagte Maja. Elin stand auf und ging in die Küche. Irgendwie schwante ihr etwas. Ausgerechnet vier Kerle und einer davon sehr groß. Das konnte kein Zufall sein. Aber warum?

Sie reichte Maja ein Glas Wasser. Maja trank gierig. „Und was wollten die?", fragte Elin.

„Sie haben behauptet, dass ich sie in meinem Auto verfolgt hätte. Und dass es ihnen nicht gefällt, wenn ihnen jemand hinterherschnüffelt. Das wäre die erste und letzte Warnung. Sollten sie mich oder mein Auto noch mal in der Nähe sehen, würde unser nächstes Treffen ohne viel Reden ablaufen. Sie haben gesagt, dass sie kurzen Prozess mit mir machen würden." Maja hatte wieder Tränen in den Augen, sie schluckte mehrmals. „Ich musste bestätigen, dass ich das verstanden habe. Ich habe natürlich ,ja' gesagt. Danach hat mir einer von denen noch mit voller Wucht in den Magen geschlagen, sodass mir schwarz vor Augen wurde, und als ich wieder zu mir kam, waren die vier verschwunden."

„Puh, das ist ja schrecklich! Es tut mir so leid, das waren mit Sicherheit die Typen, die ich beobachtet habe. Ich verstehe nur nicht, warum die so fies reagieren. Ich habe die Sache doch schon längst abgehakt. Wirklich, Maja, ich wollte dich da nicht mit reinziehen, die haben natürlich eigentlich mich gemeint."

„Ja, das war mir dann auch klar. Aber warst du denn noch einmal bei der Hütte? Du hattest mir von den zwei Beobachtungen erzählt und da hatten die Männer dich doch gar nicht bemerkt, oder?"

„Na ja, doch, beim zweiten Mal hatten sie kurz neben meinem, also ich meine deinem, Auto angehalten. Ich hatte mich sofort nach unten geduckt, aber vielleicht haben sie das Kennzeichen aufgeschrieben oder fotografiert. Tut mir leid, war ein Fehler. Beim ersten Mal hatte ich das besser gemacht und um die Ecke geparkt, da haben sie das Auto sicher nicht gesehen. Dann war ich vorgestern noch mal dort, zum dritten und letzten Mal, weil die Geschichte mir einfach keine Ruhe ließ. Da ich aber schnell zur Beobachtung wollte, bin ich mit dem Wagen den Feldweg weiter bis zu der Gabelung gefahren, von der es zu deren Hütte geht. Auf ihrem Rückweg sind sie dann natürlich wieder an deinem Auto vorbeigefahren. Aber ich hatte eigentlich gehofft, dass sie es nicht bemerkt haben.“

Maja seufzte. „Haben sie wohl doch. Hast du denn irgendetwas herausgefunden?“

„Nein, deshalb hatte ich die Sache auch abgehakt. Der Auftrag ist ja beendet, ich wollte nur noch mal sichergehen, dass sich dort wirklich nicht noch etwas Neues ergibt. Aber es war das gleiche Spiel wie die anderen Male – das gemeinsame Arbeiten am Computer, die vier Kerle in den zwei Autos und sonst nichts.“

Maja war jetzt ruhiger. Ihr Atem ging wieder gleichmäßig. „Tut mir leid, dass ich dich vorhin so angemacht habe. War ja klar, dass du eigentlich nichts dafür konntest. Ich brauchte wohl einfach jemanden, an dem ich meinen Frust auslassen konnte.“

„Kein Problem! Wahrscheinlich hab ich das auch verdient. Wenn ich daran denke, dass die sonst eigentlich mich überfallen hätten. Da bin ich mit deinem Anranzen noch ganz gut weggekommen. Aber das soll mir eine Lehre sein, ich werde dein Auto für Detektiveinsätze nicht mehr benutzen. Ich sehe ja, was dabei herauskommt. Sag mal, kannst du die Typen irgendwie beschreiben?"

Maja schüttelte den Kopf. „Nee, alle hatten schwarze Masken, Kapuzenpullover, Jeans und Turnschuhe an. Der eine, der mich schon vorher verfolgt hatte, wie immer in dem braunen Parka, sonst hätte ich ihn sicher gar nicht wiedererkannt. Und wie gesagt, einer der anderen drei war sehr groß, sonst ist mir nichts Besonderes aufgefallen."

Elin überlegte. „In jedem Fall passt das. Na ja, wer sollte es sonst sein? Ich verstehe nur nicht, warum die so einen Affen machen. Wenn das alles nur harmlose Computerspiele sind, mit denen die sich beschäftigen, würden die ja nicht so empfindlich reagieren. Irgendetwas ist an all dem faul — das Gefühl hatte ich von Anfang an. Vier Kerle, die sich heimlich in aller Abgeschiedenheit treffen, mehrmals die Woche — das konnte nichts Harmloses sein."

Maja richtete sich auf. „Du wirst das doch jetzt nicht weiterverfolgen wollen, oder? Ehrlich gesagt, mir reicht es. Normalerweise kann ich mich gut zur Wehr setzen, aber vier Männer mit Messer — darauf will ich es nicht wieder ankommen lassen. Und die haben es ernst gemeint, das sage ich dir."

Elin hob abwehrend beide Hände. „Keine Sorge, ich will in keinem Fall, dass dir etwas passiert. Aber es stinkt mir natürlich, dass die mit dieser Einschüchterungstour einfach so davonkommen. Am liebsten würde ich die Polizei einschalten, die würden bestimmt etwas Interessantes bei denen finden. Wenn ich nur wüsste, was."

„Danke, aber auf die Polizei habe ich wirklich keine Lust. Du weißt, wie überlastet die immer sind. Und da mir ja nichts Ernstes zugestoßen ist, kann ich mir schon denken, welche Priorität sie diesem Vorfall einräumen würden. Falls diese Typen dann noch Wind davon bekommen sollten, dass die Polizei involviert ist, kommen die bloß auf die Idee, ihre Drohung wahr zu machen. Vielen Dank, das brauche ich wirklich nicht."

„Ja, verstehe ich. Aber besonders sicher fühlt sich das nicht an. Ich meine, wie können wir wissen, dass sie dich jetzt in Ruhe lassen? Auch wenn wir die Füße stillhalten. Stell dir vor, du läufst einem von denen per Zufall über den Weg. Du würdest den nicht einmal erkennen, aber der alarmiert die anderen und schon hast du wieder ein Messer am Hals."

Maja schaute sie entsetzt an. „Musst du das so plastisch machen? Mir läuft es eisig den Rücken runter."

„Sorry."

„Ansonsten hast du ja recht. Es bleibt ein Risiko. Ich werde mal sehen, wie ich damit zurechtkomme. Frage mich in einigen Tagen noch mal, vielleicht denke ich dann anders darüber. Aber du machst bitte nichts ohne mein Einverständnis! Diese Sache betrifft mich jetzt auch — das kannst du nicht allein entscheiden."

„Pfadfinder-Ehrenwort. Ich spreche alles mit dir ab." Elin konnte Maja gut verstehen. Und sie würde ihr Versprechen halten. Auf der anderen Seite war ihr Detektiv-Spürsinn geweckt, sie wollte zu gern wissen, was hinter dieser Geschichte steckte. Was heckten die Typen in dieser Hütte nur aus?

Elin stand auf und ging zum Fenster. Sie sah hinunter zu dem Hauseingang auf der anderen Seite. Da war niemand.

„Zumindest scheinen sie ihre Beobachtung abgebrochen zu haben. Da drüben ist niemand zu sehen."

„Hört sich gut an. Das ist doch schon mal was." Maja machte sich nicht die Mühe, Elins Bemerkung zu überprüfen, sie ging Richtung Küche. „Ich brauche jetzt etwas zu essen. Und ein Glas Wein würde mir auch guttun. Wenn ich es mir recht überlege, sogar mehrere Gläser."

Das konnte Elin voll unterschreiben. Ein bisschen Normalität und Entspannung war genau das, was sie beide jetzt brauchten.

7

Elin saß in einem Café in der Nähe ihres Büros und wartete auf Lars. Sie hatte sich durchgerungen und ihn angerufen, um ihn um ein persönliches Treffen außerhalb des Büros zu bitten. Er hatte zugesagt, auch wenn er natürlich nach dem Grund gefragt hatte. Elin hatte nur etwas von einem privaten Problem gesagt. Sie vertraute Lars — nachdem sie zusammen die zwei Aufträge im letzten Jahr durchgestanden hatten, waren sie ein gutes Team geworden. Elin saß an einem kleinen Tisch in einer Ecke und hatte sich schon mal ein Wasser bestellt, einen Kaffee wollte sie nicht trinken, sie war schon nervös genug. Mehrmals war sie in ihrem Kopf verschiedene Szenarien durchgegangen, wie sie Lars die Geschichte am besten erklären konnte. Sie hatte sich entschlossen, sich einfach an die Wahrheit zu halten. Sie würde ihm alles von Anfang an erzählen. Dann würde sich ja herausstellen, wie Lars auf die Sache mit dem Nebenjob reagierte, doch sie glaubte zumindest nicht, dass er sie an Tobias verraten würde.

Die Tür ging auf, Lars kam herein und schaute sich im Café um. Bei seiner Größe hatte er eine gute Übersicht. Jetzt hatte er sie gesehen, Elin winkte. Er schlängelte sich durch die Tische und kam auf sie zu, wie immer das linke Bein etwas nachziehend, die Folge einer Schussverletzung während seiner Zeit bei der Polizei.

„*Hej*, Elin.“

„Hallo, Lars. Danke, dass du gekommen bist.“

Er setzte sich und winkte der Kellnerin, die sofort kam und seine Bestellung für einen Kaffee aufnahm.

„Du hast es ja spannend gemacht. Was hast du denn auf dem Herzen?“

Elin räusperte sich, sie senkte den Blick. „Ja, das ist mir etwas peinlich. Ich hoffe, ich kann auf deine Verschwiegenheit zählen?“ Sie sah ihm in die Augen.

Lars warf ihr einen Blick zu, der gleichzeitig Erstaunen und Amüsiertheit ausdrückte.

„Du weißt, dass ich meinen Mund halten kann. Also, lass hören, worum geht es?“

Elin holte tief Luft. „Du kennst ja mein Problem, ich meine, dass ich mich im Büro ziemlich langweile, nicht wahr?“ Lars nickte. „Deshalb habe ich mich privat nach Aufträgen umgehört.“ Lars zog die Augenbrauen hoch. Elin erzählte ihm die ganze Geschichte, mit ihrer Firma, der Annonce, dem Auftrag und wie es dann weitergegangen war. Lars hörte geduldig zu, ohne sie zu unterbrechen. Er verzog keine Miene in seinem kantigen Gesicht und gab keinerlei Hinweis, wie er über ihr Vorgehen dachte.

Elin machte lediglich eine Pause, als die Kellnerin mit dem Kaffee für Lars kam.

„Ich dachte, dass mein erster Auftrag damit erledigt sei und ich mich jetzt auf weitere Aufträge konzentrieren könnte." Elin machte eine Pause.

„Tja, aber dann bräuchtest du mir das Ganze wohl nicht zu erzählen." Lars sah sie gespannt mit seinen stahlblauen Augen an.

„Genau, das hätte ich wohl auch nicht," musste Elin zugeben. „Aber dann wurde Maja erst verfolgt und sogar überfallen und bedroht." Sie erzählte von dem Mann im braunen Parka, der Maja und ihr aufgefallen war, und von dem Überfall im Park.

„Na, das hat ja wirklich super geklappt mit deinem ersten Auftrag." Lars sah sie an: „Hast du eine Vermutung?"

„Das ist doch sonnenklar. Die Kerle haben das Auto bemerkt und sind über die Autonummer auf Maja gekommen. Jetzt nehmen die an, dass Maja ihnen aus irgendeinem Grund hinterherspioniert und haben ihr deshalb die Warnung verpasst."

„Gut, aber hast du vielleicht nicht doch noch irgendetwas Auffälliges bemerkt, als sich diese Typen in der Hütte getroffen haben?" Er zwinkerte.

„Nein, Lars. Wirklich nicht." Elin hob die rechte Hand zum Schwur. „Indianer-Ehrenwort. Aber irgendetwas ist nicht richtig koscher, sonst bräuchten die sich nicht so aufregen, oder?"

„Es sei denn, die ganze Verfolgung hat gar nichts mit dem Fall zu tun. Was fällt dir noch ein?

Irgendwelche anderen Aufträge, von denen du mir bisher nichts erzählt hast?"

„Nein, das war bisher der Einzige."

„Gut, oder irgendetwas in deinem oder Majas Privatleben? Ein ehemaliger Liebhaber oder ein heimlicher Verehrer? Oder jemand, dem ihr auf die Füße getreten seid?"

„Lars, ich habe mir schon den Kopf zermartert. Ich komme auf nichts. Wie du weißt, sind Maja und ich seit über zwei Jahren zusammen, bei Maja gab es vorher nur Frauen und bei mir war das nichts Ernstes mit den Männern.

Und sonst? Ja, wir hatten etwas Streit mit der Tussi über uns, aber die braucht nun wirklich niemanden zu engagieren, um uns zu überwachen, schließlich kann sie das selbst von ihrer Wohnung am besten."

„Was war das für ein Streit?"

„Ach, alles so Kleinigkeiten. Erst war ihr unsere Musik zu laut, dann hat sie behauptet, wir hätten ihre Post geklaut. Da war aber nichts dran. Und ehrlich, Lars, die Typen haben von Nachschnüffeln und von Majas Auto geredet. Das passt nur zu der Hütte mit den vier Typen."

Lars nahm den letzten Schluck Kaffee und schaute nach oben. Dann sah er sie eindringlich an.

„Und was hast du dir jetzt vorgestellt? Wie soll ich dir helfen?"

„Also, erst einmal wollte ich überhaupt mit jemandem darüber sprechen. Und dann kennst du dich schließlich mit solchen Geschichten aus."

„Mit solchen Nebentätigkeiten, meinst du?“ Lars grinste.

„Nein, natürlich nicht. Lars, ich will das gar nicht rechtfertigen. Ich musste einfach etwas Neues probieren. Und mir ist durchaus bewusst, dass ich das laut meines Arbeitsvertrags nicht darf. Ich hoffe, du reißt mich da nicht rein.“

Lars schüttelte den Kopf. „Lass uns mal sagen, ich weiß von der Geschichte mit deiner Firma nichts, okay?“ Elin nickte erleichtert.

„Ich weiß nur, dass Maja bedroht wurde, und da helfe ich dir natürlich.“

Elin freute sich. „Oh, das wäre echt super, wenn du da was tun könntest.“

„Klar doch. Du warst mir bei den Aufträgen im letzten Jahr wirklich eine große Hilfe und hast mir in einigen gefährlichen Situationen aus der Patsche geholfen. Da ist es nur gut, wenn ich eine Möglichkeit bekomme, mich etwas zu revanchieren.“

„Danke, Lars. Das erkenne ich dir hoch an.“

„Gut, das wäre geklärt. Was machen wir jetzt? Was für Informationen hast du über die Männer? Beschreibung, Autokennzeichen, etc.?“

Elin schüttelte den Kopf. „Leider nicht viele. Natürlich habe ich Fotos von Markus und seinen drei Kumpeln, außerdem das Kennzeichen von seinem Auto sowie dem zweiten Wagen, dem Volvo. Der Kerl, der uns beobachtet, ist immer mit Kapuze bekleidet, deshalb kann ich nicht sagen, ob er einer der vier bei der Hütte ist.“

„Steht der denn immer noch vor eurem Haus oder verfolgt Maja?"

„Ja, leider. Nur deshalb war Maja jetzt auch einverstanden, dass ich mit dir rede. Ich glaube, wenn vollständige Ruhe eingekehrt wäre, hätte Maja das Ganze lieber vergessen wollen. Na ja, jedenfalls haben wir nach dem Überfall für zwei Tage niemanden mehr bemerkt, aber danach tauchte der Typ im braunen Parka wieder auf. Allerdings steht er nicht mehr die ganze Zeit da, nur sporadisch. Vor ihrem Studio hat ihn Maja seitdem nur ein einziges Mal gesehen."

„Okay. Mich kennt er ja nicht. Gib mir Bescheid, wenn der Kerl wieder auftaucht. Ich komme dann sofort dorthin und werde ihn nicht aus den Augen lassen. Vielleicht haben wir Glück und können ihn über seine Adresse oder sein Auto identifizieren. Und damit die Verbindung zu deinem Auftrag beweisen. Danach beraten wir, wie wir weiter vorgehen. Was hältst du davon?"

„Genau so habe ich mir das vorgestellt."

„Steht der Typ jetzt auch vor dem Café?"

„Nein, glaube ich nicht, ich selbst habe nie jemanden bemerkt, der mir gefolgt ist. Immer nur Maja."

Lars setzte fort: „Gut, dann entweder vor eurer Wohnung oder bei Majas Studio. Gibst du Maja bitte meine Telefonnummer?" Elin nickte. „Heute Abend kann ich allerdings noch nicht, ich muss meine Tochter vom Fußballtraining abholen. Aber die anderen Abende diese Woche sollten kein Problem sein."

„Super, danke."

„Wie gesagt, ihr ruft mich an, sobald der Typ irgendwo bei euch herumsteht. Jetzt muss ich aber los." Er winkte der Kellnerin.

„Lass mal, Lars. Ich bezahle den Kaffee natürlich."

„Danke, bis morgen." Lars erhob sich und ging Richtung Tür. Elin sah ihm nach. Es hatte ihr gutgetan, sich Lars anzuvertrauen. Allerdings hatte sie nicht erwartet, dass er das mit ihrer Paralleltätigkeit so leichtnehmen würde. Er war schon wegen anderer Sachen härter mit ihr ins Gericht gegangen, aber da handelte es sich immer um Themen, die mit seinem Job zu tun hatten. Hier war er ja nicht direkt betroffen und er schien sogar ein wenig Verständnis für sie zu haben. In jedem Fall toll, dass er ihr helfen wollte.

8

ars fluchte innerlich, der Verkehr um diese Zeit war schrecklich. An jeder Ampel musste er warten und dazwischen ging es nur langsam voran. Elin hatte ihn vor einer halben Stunde angerufen und berichtet, dass der Mann im braunen Parka wieder vor ihrem Haus stand. Da war Lars gerade auf dem Weg nach Hause, fast schon in *Hässelby*. Er hatte kurz überlegt, ob er die *tunnelbana*, die schwedische U-Bahn, nehmen sollte. Das wäre bestimmt schneller gegangen, aber er wusste natürlich nicht, ob der Mann im Parka in der Nähe ein Auto geparkt hatte. Ohne Auto hätte Lars ihm schlecht folgen können und in Stockholm auf die Schnelle ein Taxi zu bekommen, war so gut wie unmöglich. Also hatte Lars entschieden, mit seinem Auto wieder Richtung Innenstadt zu fahren, auch wenn dies etwas dauern würde. Dieser Typ würde sicher nicht nur zwanzig Minuten vor Elins Haus stehen.

Der Verkehr stellte seine Geduld auf eine harte Probe, aber eine gute dreiviertel Stunde später war Lars endlich bei Elins Wohnung auf *Kungsholmen* angekommen. Lars hatte den Mann im braunen Parka sofort in einem Hauseingang entdeckt, als er kurz an der nahe gelegenen Kreuzung warten musste. Einen Parkplatz um diese Uhrzeit zu finden war allerdings ein echtes Problem. Die meisten Anwohner waren bereits von der Arbeit zurück und hatten die vorhandenen Parkplätze belegt. Aber Lars hatte Glück — zwei Querstraßen weiter fuhr gerade ein Auto weg und er nahm die Lücke. Schnell löste er die Parkgebühr über die EasyPark App in seinem Smartphone, sodass er den Parkvorgang flexibel halten konnte. Zurück an der Kreuzung sah er, dass der braune Parka noch da war, ja — alles im grünen Bereich. Sein Blick suchte die Umgebung nach einem geeigneten Platz für seine Observation ab. Er wollte nicht direkt gegenüber Stellung beziehen, da hätte er den Kerl zwar super beobachten können, aber auch der würde Lars sicher ziemlich schnell bemerken, das wollte er natürlich vermeiden. Da entdeckte Lars eine kleine Grünfläche – sogar mit einer Bank neben einem Baum. Perfekt, so könnte er alles genau beobachten und würde sofort bemerken, wenn sich der Typ fortbewegen würde. Um dorthin zu gelangen und nicht direkt an dem anderen vorbeilaufen zu müssen, wechselte Lars die Straßenseite, passierte das Haus von Elin und Maja und ging dann wieder zurück auf die andere Seite. Die Bank war noch frei und Lars richtete sich häuslich ein. Er setzte sich etwas seitlich, sodass er den Hauseingang gut im Blick hatte. Dann zog er seine Zeitung hervor und begann zu lesen. Immer wieder schaute er über den Zeitungsrand, um sicherzustellen, dass der Mann noch da war.

Die Zeit verging nur langsam, die Zeitung hatte er schon lang durchgelesen.

Als er kurz mit seiner Frau Lisa telefonierte, war sie nicht gerade begeistert, dass Lars später kommen würde. Natürlich wusste Lisa, dass dies sein Beruf immer wieder mit sich brachte, aber sie hatte sich auf den gemeinsamen Abend mit ihm gefreut. Zum Glück hatten sie keine besonderen Pläne, sodass es letztlich okay für seine Frau war.

Elin hatte er sofort angerufen, als er seine Observation aufgenommen hatte. Plötzlich stand sie mit einem Sandwich und einer Flasche Mineralwasser vor ihm. Das war wirklich nett, aber auch ein bisschen riskant. Aber Elin war vorsichtig gewesen und hatte den anderen Ausgang aus ihrem Innenhof genutzt, sodass ihr Beobachter sie nicht zu Gesicht bekam. Jetzt war es bald einundzwanzig Uhr und Lars fragte sich, wie lang der Kerl eigentlich noch dort herumstehen wollte. Der schien mehr Geduld zu haben als er, und Lars war wirklich geübt im Warten. Je mehr er darüber nachdachte, umso merkwürdiger kam ihm diese Geschichte vor. Aber bis jetzt konnte er sich noch keinen Reim aus alldem machen.

Er ließ seine Gedanken schweifen und dachte an Mittsommer — das größte und wichtigste Fest in Schweden. In gut zwei Wochen war es so weit. Als eigentlicher Mittsommertag galt der längste Tag im Jahr. Doch im pragmatischen Schweden legte man die

Mittsommerfeierlichkeiten immer auf einen Freitag, den Freitag, der dem Tag mit der kürzesten Nacht am nächsten kam. Bei diesen Feiern wurden überall im ganzen Land Maibäume geschmückt und aufgestellt.

Dann tanzten alle um den Maibaum und sangen Mittsommerlieder. Beim anschließenden Mittsommerbuffet in den Familien ging es dann richtig zur Sache: Schnaps und Bier flossen in Strömen und zu jedem Schnaps sang man ein Lied; immer noch wurden an Mittsommer die meisten Kinder gezeugt. Dieses Jahr hatten Lars und Lisa entschieden, nach *Norrland* zu fahren, wo sein Vater herkam. Seine Eltern hatte dort immer noch ein Sommerhaus und dieses Jahr hatte er es über Mittsommer für seine Familie reserviert. Es würde eine lange Fahrt werden, aber es lohnte sich. Dort im Norden war das Feiern noch sehr traditionell – dort oben, wo es seit mehreren Wochen taghell war, denn die Sonne ging zwei Monate lang nicht unter. Er sah seine beiden Mädchen schon vor sich, jede mit einem Blumenkranz im Haar, im Sommerkleidchen und barfuß im Gras um den Maibaum tanzend. Besonders das berühmte Frosch-Lied hatte es ihnen angetan; Olivia, seine Kleine, hatte es richtig gut raus, bei jedem „quak" des Liedes hüpfte sie wie ein richtiger kleiner Frosch. Lars musste schmunzeln, er freute sich darauf.

Lars sah auf, er hatte eine Bewegung wahrgenommen. Tatsächlich, dort rührte sich etwas im Hauseingang. Der Mann im braunen Parka verließ seinen Posten. Lars sammelte schnell seine Utensilien zusammen und lief mit raschen Schritten hinter dem Mann her, der in entgegengesetzter Richtung unterwegs war. Der braune Parka war zwar nicht gerade auffällig, aber doch eindeutig auszumachen, daher war es nicht schwer, an dem Mann dran zu bleiben. Lars hielt Abstand, ohne zu riskieren, dass er ihn verlor. Allerdings waren auch nicht mehr genügend Leute unterwegs, als dass es Lars wagen konnte, näher aufzurücken.

Es ging um zwei Ecken, dann steuerte der Mann die U-Bahnstation ‚*Stadshagen*‘ an. Er verschwand im Eingang und fuhr die Rolltreppe hinunter. Lars folgte auf der Treppe daneben. Unten angekommen, wartete er auf der anderen Seite des Bahnsteiges, doch sofort als der nächste Zug auf der Seite des Mannes einfuhr, ging Lars hinüber. Er wartete, bis der Mann in einen Waggon eingestiegen war, und nahm dann den dahinter. Der Zug fuhr nach ‚*T-Centralen*‘, dort stieg der Mann mit dem Parka in die grüne Linie um, in Richtung Süden. Es war kein Problem, ihm weiter zu folgen, Lars hatte auch nicht den Eindruck, dass der Typ besonders vorsichtig war, zumindest drehte er sich nicht um oder beobachtete seine Umgebung sorgfältig. Dieser Typ schien sich wirklich sehr sicher zu fühlen und rechnete offenbar nicht damit, verfolgt zu werden. Inzwischen hatte er auch die Kapuze abgenommen und Lars konnte sehen, dass der Mann eine ziemliche Stirnglatze hatte.

Vier Stationen weiter, in ‚*Skanstull*‘, stieg der Mann aus und verließ die U-Bahnstation. Lars folgte ihm.

Auf diesen Straßen herrschte noch mehr Betrieb, sodass er etwas dichter dranbleiben konnte und auch musste. Nach gut zehn Minuten war der Mann an seinem Ziel angekommen, einem mehrstöckigen Wohnhaus. Lars nahm sein Smartphone und schaffte es gerade noch, den Mann von der Seite zu fotografieren, bevor dieser den Eingang betrat. Der Mann tippte seinen Code auf dem Eingabegerät neben der Tür ein und verschwand im Haus. Lars wartete noch gut zehn Minuten, aber der Mann kam nicht mehr heraus. Welche der Wohnungen der Mann betreten hatte, konnte Lars nicht herausfinden. So tippte er einfach die Adresse in sein Smartphone und schickte diese zusammen mit dem Foto an Elin. Vielleicht würde sie noch etwas übers Internet herausfinden können. Dann machte er sich auf den Weg zurück. Sein Auto hatte er nicht gebraucht, aber hinterher war man immer schlauer. Es war spät geworden, zumindest war der Verkehr zu dieser Zeit kein Problem mehr, sodass es vielleicht doch nicht so schlecht war, dass er jetzt sein Auto für die Heimfahrt nach *Hässelby* zur Verfügung hatte. Er war zufrieden mit seiner Observation und hoffte, dass Elin das auch sein würde.

9

Elin trug das Tablett mit Getränken ins Wohnzimmer, Lars und Maja blickten sie erwartungsvoll an. Sie stellte das Tablett ab und setzte sich.

„Also, lass uns mal zusammenfassen. Was haben wir?", fragte Lars.

Elin legte vier Fotos auf den Tisch. Sie hatte von jedem der Männer einen Ausschnitt gemacht und ausgedruckt. „Das sind die vier Kerle, die ich bei der Hütte beobachtet habe."

Sie nahm einen Post-it Zettel und klebte ihn auf das erste Foto. „Der hier ist Markus Lager, der Freund von Helena Ron, meiner Auftraggeberin. Er ist einundvierzig Jahre alt, arbeitet als Immobilienmakler und fährt einen Dienstwagen – einen schwarzen 3-er BMW."

Sie nahm einen weiteren Zettel für das nächste Foto. „Der hier fährt immer den anderen Wagen, den blauen Volvo. Deshalb nehme ich an, dass der Wagen auf ihn zugelassen ist. Wenn diese Annahme stimmt, heißt er Justus Kindell und wohnt in *Huddinge*. Er ist zweiundvierzig Jahre alt." Diese Information hatte Elin mit einer SMS-Anfrage an die Verkehrsbehörde, *Transportstyrelsen*, herausbekommen.

Elin nahm das dritte Foto, auf dem der Mann mit dem braunen Parka abgebildet war. „Das ist der Typ, der immer vor unserem Haus steht. Mit dem Foto von Lars können wir jetzt sicher sagen, dass er einer der vier Männer bei der Hütte ist. Lars hat ihn bis zu einer Adresse auf *Söder* verfolgt. Leider ist das ein Haus mit zehn Wohnungen, sodass es nicht einfach ist, ihn eindeutig zu identifizieren. Was meint ihr, wie alt der ist?"

Maja prüfte das Foto sorgfältig. „Na, auch so Anfang vierzig. Auf diesem Bild hier hat er ja einmal keine Kapuze auf. Die Haare sind schon ganz ordentlich ausgedünnt."

„Ja, ich denke, bei dieser ausgeprägten Stirnglatze ist er eher älter. Vielleicht Mitte vierzig?", warf Lars ein.

Elin nahm einen anderen Ausdruck in die Hand. Das war eine Liste mit allen Bewohnern des Hauses, diese Information war in Schweden öffentlich zugänglich im Internet. „Wenn das stimmt, engt das die Auswahl ziemlich ein. In dem Haus wohnen eine ganze Reihe jüngerer Leute, also zwischen fünfundzwanzig und Ende dreißig, außerdem zwei Rentnerpärchen und ein Paar, das in den Fünfzigern ist. Es gibt nur zwei Männer in den Vierzigern, einer ist dreiundvierzig und lebt mit einer vierzigjährigen

Frau zusammen, der andere scheint allein zu leben und ist siebenundvierzig."

„Ich wette auf den letzteren", sagte Maja. Lars nickte zustimmend.

„Okay, dann heißt der Kjell Norden." Elin notierte den Namen. „Ich mache ein Fragezeichen dahinter."

Sie nahm das letzte Foto auf. „Über den hier wissen wir dagegen gar nichts. Das ist der große und recht kräftige Kerl, der Maja auch bei dem Überfall aufgefallen war."

„Wie Verbrecher sehen die ja nicht gerade aus. Sind alles normale Typen mittleren Alters." Maja betrachtete die Fotos eingehend.

„Maja", entgegnete Elin. „Wenn man Verbrecher schon an der Nase erkennen könnte, wäre das Leben viel einfacher. Und immerhin haben die dich überfallen."

Lars lehnte sich vor. „Gut, Elin. Wir haben vier Männer, die sich in einer Hütte südlich von Stockholm regelmäßig treffen. Drei davon haben wir wahrscheinlich identifiziert. Wir wissen, dass sie mehr als empfindlich reagieren, wenn man ihnen nachspioniert, so wie du das getan hast. Auch wenn Maja das dann zu spüren bekam. Aber wir haben keinen Hinweis darauf, dass sie etwas Illegales betreiben oder vorhaben. Vielleicht wollen sie ihr Vorhaben einfach geheim halten und es ist alles völlig legal. Zum Beispiel der Aufbau eines neuen Business oder irgendeine geheime Gesellschaft, politisch oder was auch immer."

„Findest du es normal, dass hier tagelang einer vor unserer Tür steht? Und dass man zu viert über Maja herfällt, um ihr zu drohen?“

„Nein, das finde ich nicht normal. Du hast recht, das ist total überzogen. Auf der anderen Seite gibt es genug Verrückte, die so reagieren. Ich denke nur mal an einige nationalistische Bewegungen, die sind weder sonderlich nett auf ihren Demonstrationen und schon gar nicht zimperlich, wenn ihnen jemand in die Quere kommt.“

„Ja, oder denkt mal an die *Sverigedemokraterna*, Schwedens Partei rechts außen.“ Maja sah Elin durchdringend an. „Mehrere von denen haben eine ganze Reihe Gewaltakte verübt. Erinnert ihr euch noch, wie der eine in der Fußgängerzone mit einem Stahlrohr auf Ausländer losgegangen ist? Der war sogar im Parteivorstand und saß im Reichstag.“

„Nun sind wir ja aber keine Ausländer“, entgegnete Elin.

„Nein, wir meinen das ja nur als Beleg dafür, dass die Gewaltbereitschaft bei einigen Gruppen hier in Schweden deutlich gestiegen ist. Deshalb sollten wir nicht überrascht sein, wenn wir auch mal an solche Leute geraten“, sagte Lars.

„Sollen wir das also einfach so hinnehmen?“ Elin sah ihn fragend an.

Lars zuckte mit den Schultern. „Ja, ich weiß nicht so recht, was man da noch machen könnte. Willst du dir jeden einzeln vorknöpfen und ihnen klarmachen, dass sie zu weit gegangen sind? Das führt nur zu weiterer Eskalation. Und da lebt ihr dann in ständiger Angst, dass die den nächsten Schritt tun. Kann ich nicht empfehlen."

Maja stimmte zu. „Genau. Außerdem ist der Typ mit dem braunen Parka seit dem Abend, an dem Lars ihn verfolgt hat, nicht mehr aufgetaucht. Vielleicht wollten sie einfach sicherstellen, dass ich mich an ihre Anweisung halte und sind jetzt zufrieden. Also, ich habe keine Lust, die Situation wieder neu aufzuheizen. Dein Auftrag ist beendet und wenn die jetzt Ruhe geben, will ich die Typen einfach vergessen."

„Aber wenn die in der Hütte doch irgendwelche verbrecherischen Machenschaften planen oder sogar schon umsetzen? Ich habe das im Gefühl, da stimmt was nicht."

„Elin, ich denke, das musst du noch lernen. Deine moralische Einstellung in allen Ehren, aber als Privatdetektive erfüllen wir unsere Aufträge, mehr nicht. Wir gehen nicht selbstständig irgendwelchen Spuren nach, um die Welt zu verbessern. Das ist Sache der Polizei." Lars sah sie ernst, aber wohlwollend an.

„Dann sollten wir es der Polizei melden, oder?"

„Auf keinen Fall", sagte Maja. „Dann geraten wir wieder in die Schusslinie, insbesondere ich. Die können sich doch an einer Hand abzählen, woher die Polizei den Tipp bekommen hat."

Lars nickte. „Ich gebe Maja recht. Damit geht ihr ein Risiko ein. Noch dazu reichen deine Fakten nicht aus, um die Polizei richtig dafür zu interessieren. Die könnten zwar mal bei der Hütte vorbeifahren und höflich klopfen, aber kein Staatsanwalt wird auf dieser Grundlage einen Durchsuchungsbefehl ausstellen. Außerdem wisst ihr ja, wie desolat die Polizei in Schweden zurzeit dasteht. Die Umorganisation hat sie total durcheinander gewürfelt und die Aufklärungsrate ist so niedrig wie noch nie. Liest man ja jeden Tag in der Zeitung. Deshalb kannst du auch nicht erwarten, dass die Polizei euch beschützt, wenn ihr euch da weiter reinhängt und wieder etwas passieren sollte. Dazu haben sie gar nicht die Ressourcen.“

Elin war gar nicht glücklich mit dem Ausgang der Diskussion. „Dann sollten wir doch noch mal hinfahren und mehr herausfinden. Das übergeben wir danach der Polizei und die machen einen richtigen Fall daraus.“

Lars schüttelte den Kopf. „Im besten Fall liefe das vielleicht so. Im schlechtesten Fall kriegen die vier das raus, bevor die Polizei aktiv wird, und werden dann richtig sauer. Und ich frage dich noch einmal: in wessen Auftrag willst du das durchführen? Das ist nicht deine Aufgabe als Privatdetektivin. Ich will dir auch ehrlich sagen, dass ich da nicht mit dabei bin. Ich helfe dir gern, wenn du hier weiter von denen belästigt wirst, aber ich unterstütze dich nicht bei irgendwelchen Privatrecherchen, die nicht deine Sache sind und uns alle in Schwierigkeiten bringen können.“

Widerstrebend gab Elin sich geschlagen. „Ja, das verstehe ich. Wahrscheinlich habt Ihr recht. Ich darf mich halt nicht so in alles reinhängen. Ich kann ja nicht alle Verbrechen aufklären, die mir so über den Weg laufen."

Maja war sichtlich erleichtert. „Lass es uns einfach zu den Akten legen! Wenn von den Typen keiner mehr auftaucht, ist doch alles gut. Falls doch, können wir ja noch mal mit Lars darüber reden. Wäre das okay für dich, Lars?"

Lars nickte. „Natürlich. Es wäre nicht akzeptabel, wenn diese Männer euch weiter beobachten und verfolgen. Aber ich hoffe auch, dass die jetzt zufrieden sind und euch in Ruhe lassen."

Elin trank aus ihrem Glas. Ja, das war wohl das Ende dieser Geschichte. Was natürlich gut war, weil es zu keiner weiteren bedrohlichen Situation für Maja kommen würde. Doch es wurmte sie, dass sie den Typen nicht weiter auf den Zahn fühlen konnte. Sie hätte es denen so gern gezeigt. Aber Majas Sicherheit war natürlich wichtiger. Da durfte sie kein Risiko eingehen, sie hatte sie schon tiefer in ihren Auftrag reingezogen, als ihr lieb war.

Die drei stießen miteinander an, redeten noch ein wenig über dies und das, bis Lars schließlich nach Hause ging.

10

Der Angriff kam unerwartet. Er hatte links ausgeholt, aber das war bloß eine Finte und plötzlich kam der Hammerschlag mit seiner Rechten. Maja schaffte es im letzten Moment, den Schlag zu blockieren, verlor dabei aber fast das Gleichgewicht. Ihr Gegner nutzte dies sofort aus und setzte mit einem Rückwärtstritt nach. Maja ging zu Boden. Sie sah auf, ihr Gegner verbeugte sich respektvoll. Verdammt, sie war einen Augenblick nicht bei der Sache gewesen, das hatte genügt.

„Gut gemacht, Per. Hast mich voll erwischt. Das ist genug für heute." Maja stand auf und verbeugte sich ebenfalls. Per war einer ihrer besten Karateschüler und viel konnte sie ihm nicht mehr beibringen. Wenn sie sich nicht richtig konzentrierte, gewann er sogar die Oberhand, so wie heute. Sie war völlig aus dem Tritt gekommen, als sie vor einer Stunde ins Studio kam und der Typ im braunen Parka wieder davorstand. Maja hatte ihn erst im letzten Moment entdeckt, kurz bevor sie die Tür aufzog, und es war ihr kalt den Rücken heruntergelaufen. Sie war so froh gewesen, dass er sich eine ganze Woche nicht mehr hatte blicken lassen. Die ersten Tage nach dem Gespräch mit Lars hatte sie immer noch überall nach dem Mann Ausschau gehalten, doch dann hatte sie wirklich geglaubt, dass es vorbei war. Deshalb war sie nun umso schockierter, dass er heute plötzlich wiederaufgetaucht war — damit hatte sie einfach nicht mehr gerechnet.

Sie ging in die Umkleidekabine und setzte sich auf die Bank, sie musste kurz durchatmen. Fing jetzt alles wieder von vorn an? Sie wollte mit diesen Typen nichts mehr zu tun haben und sie nie wiedersehen. Der Überfall im Park hatte ihr mehr zugesetzt, als sie sich selbst eingestehen wollte. So etwas durfte nicht noch einmal passieren. Vorhin, als der Kerl sie anstarrte, war sie noch in der Lage gewesen, sich zusammenzureißen, war einfach ins Studio gegangen und wollte nicht weiter darüber nachdenken. Aber dann hatte es sie am Ende der Trainingsstunde wieder eingeholt und sich so negativ auf ihre Reaktion im Kampf ausgewirkt. Sie entschloss sich nun doch, Elin anzurufen. Vorhin hatte sie noch gezögert, aber jetzt musste es sein. Sie öffnete ihren Schrank und holte ihr Smartphone heraus.

Elin meldete sich sofort. „Hallo, Maja. Was geht?"

„Hallo, Elin. Hast du viel zu tun?"

„Nein, langweilig wie immer. Was ist denn?"

„Ich wollte es dir eigentlich gar nicht sagen, aber der Typ stand vorhin wieder vor dem Studio."

„Was? Der im braunen Parka?"

„Ja.“

„Wo stand der? Hat er etwas gemacht?“

„Er war schon vor dem Studio, als ich ankam, und hat mich beobachtet.“

„Mist, ich dachte echt, die Sache wäre erledigt und er würde sich nicht mehr blicken lassen.“

„Ja, das dachte ich auch. Der hat mir jetzt wieder einen totalen Schreck eingejagt. Du ... ich muss dich das fragen ... hast du noch irgendetwas gemacht, was diese Männer aufgescheucht haben könnte?“

Eine kurze Stille, Maja hörte, wie Elin sich räusperte. „Maja, Ehrenwort, ich habe nichts gemacht. Wir hatten ausgemacht, dass wir denen keinen Anlass mehr geben wollten und daran habe ich mich gehalten.“

„Ich hatte gesehen, dass du irgendetwas aus dem Internet ausgedruckt hast, deshalb dachte ich...“

„Ja, ich habe versucht, etwas mehr über die drei Kerle zu erfahren, die wir identifizieren konnten. Aber das lief ausschließlich über das Internet und ich bin damit auch nicht sehr weit gekommen. Ich habe nur noch herausgefunden, dass der Typ in dem Parka Krankenpfleger ist und im *Karolinska*-Krankenhaus in *Huddinge* arbeitet. Aber es gab bei keinem der drei irgendetwas Auffälliges. Also auch das kein Grund, wieder aktiv zu werden. Wirklich, ich habe nichts gemacht.“

„Ich glaube dir, ich bin nur völlig irritiert. Warum ist er heute, nach einer Woche Ruhe, doch wiederaufgetaucht?“

„Maja, ich verstehe das auch nicht. Ist er denn jetzt immer noch da?“

„Ich weiß es nicht, ich bin nicht noch einmal rausgegangen.“

„Das könntest du doch machen. Schau nach, ob er nach wie vor dort steht. Falls ja, kann ich dich nachher abholen und wir können noch mal mit Lars sprechen.“

„Okay, das mache ich. Bleibst du dran?“

„Scheißt der Bär in den Wald? Klar bleibe ich dran.“

Maja musste schmunzeln, Elin und ihre Sprüche. Aber sie erreichte ihr Ziel, Maja fühlte sich schon besser. Sie ging aus der Umkleide heraus, nickte dem Mädchen an der Rezeption kurz zu und ging durch die Eingangstür nach draußen. Sie schaute sich um. Nein, er war nicht mehr zu sehen, er stand weder dort, wo sie ihn vorhin gesehen hatte, noch auf der anderen Straßenseite. Sie atmete auf und nahm das Telefon wieder hoch.

„Elin, er ist weg. Ich kann ihn nirgendwo mehr sehen.“

„Gut. Vielleicht war er ja per Zufall dort und wollte nur mal sehen, ob es dich noch gibt.“

„Ja, hoffentlich. Danke, jetzt geht es mir wieder besser. Hat mir gutgetan, mit dir zu sprechen. Und ich werte es mal als ein gutes Zeichen, dass er jetzt nicht mehr vor dem Studio steht.“

„Soll ich dich trotzdem abholen?“

„Nein, vergiss es! Ich habe mich unnötig verrückt gemacht. Lass es uns vergessen.“

„Sicher?"

„Ja, wirklich. Ich komm klar, habe schließlich den schwarzen Gürtel. Ich gehe jetzt wieder rein und bereite mich auf meine nächste Trainingseinheit vor."

„Okay, bis später."

„Küsschen."

Maja wollte unbedingt verhindern, dass Elin diesen Vorfall zu ernst nahm und die ganze Geschichte wieder aufrollte. Sie spürte genau, dass Elin eigentlich mehr über die Typen herausfinden wollte und sie wollte ihr keinen weiteren Anlass dazu geben. Außerdem stimmte es, das Gespräch hatte ihr gutgetan und der Kerl war weg. Maja hoffte nur, dass er nicht noch einmal auftauchen würde. In den nächsten Tagen würde sie sicher wieder nach ihm Ausschau halten, aber vielleicht hatte sie ihn nun wirklich das letzte Mal zu Gesicht bekommen. Maja drehte sich um und ging zurück ins Studio. Jetzt würde sie wieder mit voller Konzentration ins Training gehen, noch ein Ausrutscher wie vorhin mit Per sollte ihr nicht mehr passieren.

11

Elin war wieder an der Hütte. Sie hatte einen Baum gefunden, der es ihr ermöglichte, in eines der Fenster hineinzuschauen, außerdem hatte sie von dort die Eingangstür der Hütte samt Hof im Blick. Es war leicht gewesen, an der großen Fichte mit den vielen Ästen hochzuklettern, auch wenn sie sich durch einiges an Nadelwerk hatte durchkämpfen müssen. Jetzt saß sie ganz bequem auf zwei nebeneinanderliegenden Ästen und war zudem gut verborgen.

Nachdem Maja sie mittags angerufen und ihr erzählt hatte, dass der Kerl im braunen Parka plötzlich – nach über einer Woche – wiederaufgetaucht war, war sie zu einer Schlussfolgerung gekommen: Heute musste etwas Besonderes passieren, sonst wäre der Kerl wohl weggeblieben. Die Männer hatten längere Zeit Ruhe gegeben und weder Elin noch Maja hatten in der Zwischenzeit irgendwelche Aktivitäten in deren Richtung unternommen.

Aber heute würde etwas geschehen, davon war Elin überzeugt. Der Typ wollte einfach überprüfen, ob Maja auch wirklich brav bei der Arbeit war und ihnen nicht wieder nachspionierte. Deshalb hatte Elin das Büro früh verlassen, sich einen Mietwagen besorgt, ihre Ausrüstung zu Hause abgeholt und war hierhergefahren. Den Wagen hatte sie zwei Ecken vor dem Feldweg geparkt, ihr Smartphone und ihren Ausweis im Auto gelassen und den Schlüssel auf den Vorderreifen gelegt. Sie wollte nicht das Risiko eingehen, dass die Typen sie identifizieren und eine Verbindung zu Maja herstellen konnten, falls sie sie wider Erwarten schnappen sollten.

Markus' Auto stand schon da, als Elin durch die Bäume zur Hütte geschlichen kam, der Volvo allerdings noch nicht. Markus war in der Hütte zu Gange, jemand anderer war nicht zu sehen. Elin hatte ihr Fernglas herausgeholt und beobachtete ihn durchs Fenster. Markus hatte die meisten Möbel im Wohnzimmer zur Seite geschoben, sodass mehr Platz entstand, und dann zwei große Lampen aufgestellt. Jetzt war er dabei, eine Kamera auf ein Stativ zu montieren. Elins Gespür hatte sie nicht getäuscht, heute war etwas in der Mache, die Frage war nur: was? Sie musste zugeben, dass es leider nicht besonders anrüchig war, hier irgendwelche Fotos zu schießen. Trotzdem würde sie abwarten, bis sie genau wusste, worum es ging. Markus schien noch einmal verschiedene Einstellungen zu überprüfen, dann setzte er sich an den PC. Den Bildschirm konnte Elin leider nicht sehen, der stand im falschen Winkel. Sie machte ein paar Fotos mit ihrer Digitalkamera und zoomte das Zimmer sehr nah heran.

Eine ganze Weile passierte nichts, Markus saß nach wie vor am PC. Elins Gedanken schweiften ab. Heute in einer Woche war Mittsommer; sie wusste auch nicht, warum sie gerade jetzt darauf kam, vielleicht wegen der vielen Blumen am Waldrand oder wegen des großen Baums, auf dem sie saß. In jedem Fall hatten Maja und sie noch keine Pläne gemacht. Nicht dass Elin an dem Gehüpfe um den Maibaum etwas lag, zu dem ihre Eltern sie immer mitgeschleppt hatten. Davon hatte sie wirklich genug, spätestens seit sie zwölf war — damals hatte sie allerdings noch halb an die Geschichten geglaubt, die man erzählte. Also hatte sie einen Blumenkranz aus sieben verschiedenen Blumen geflochten und diesen am Abend unter ihr Kopfkissen gelegt. Angeblich sollte man dann von seinem Zukünftigen träumen. Hatte sie natürlich nicht, schon gar nicht von Maja. Danach war sie nur noch widerstrebend zu Mittsommerfesten mitgegangen und seitdem sie selber entscheiden konnte, war es ganz damit vorbei. Trotzdem, Mittsommer musste natürlich gefeiert werden. Mit einem guten Essen, viel Wein und netter Gesellschaft — das war nach ihrem Geschmack. Sie würde morgen mit Maja darüber sprechen, vielleicht konnten sie eine Party schmeißen und ein paar Freunde einladen. In diesem Moment wurde ihr bewusst, dass sie Maja versprochen hatte, keine Aktionen in Bezug auf die vier Kerle mehr zu starten, schon gar nicht ohne ihr

Einverständnis. Nun saß sie wieder hier und observierte – diesmal sogar ohne Maja darüber informiert zu haben. Doch falls dies alles hier zu lang dauerte, würde Maja unweigerlich davon Wind bekommen. Zur Sicherheit hatte Elin nämlich eine Karte über die Gegend mit der Hütte im Schlafzimmer liegen gelassen; es konnte sich nur um Stunden handeln, bis Maja die Karte finden würde, falls sie diese nicht schon gefunden hatte. Scheiße, die würde sauer sein. Ja, Elin hatte ein schlechtes Gewissen, aber sie konnte nicht anders, sie musste einfach wissen, was hier vor sich ging. Brachte sie ein gutes Resultat, würde Maja ihr schon verzeihen.

Jetzt hörte sie ein Motorengeräusch, ein Wagen näherte sich. Ja, richtig, einige Augenblicke später bog der blaue Volvo auf den Hof ein. Elin sah, wie sich die Eingangstür der Hütte öffnete und Markus herauskam. Die anderen drei Typen stiegen aus dem Volvo aus, eine kurze Begrüßung von Markus, dann öffnete der Fahrer die Heckklappe. Der große beugte sich hinein und holte ein schwarzes Bündel heraus. Irgendeinen Sack, in dem etwas Schweres verstaut war, vielleicht noch mehr Ausrüstung? Der Mann trug das Bündel die kurze Treppe hoch. Elin sah genau hin: Das Bündel schien sich zu bewegen oder hatte sie sich getäuscht? Schon waren alle vier in der Hütte verschwunden. Elin richtete das Fernglas auf das Wohnzimmerfenster. Der Große hatte seine Last auf das Sofa gelegt, jetzt gaben sich die vier gegenseitig *high five*, sie schienen sehr zufrieden mit irgendetwas.

Eine Weile liefen alle in der Hütte umher, dann ging einer der Männer an die Kamera, einer schaltete die großen Lampen ein und Markus setzte sich an den PC. Der Große ging zum Sofa und schnürte das Bündel auf. Elin stockte der Atem. Verdammt, das konnte nicht wahr sein. In dem Bündel war ein kleines Mädchen, vielleicht fünf, sechs Jahre alt. Sie schien zu schlafen oder bewusstlos zu sein, zumindest bewegte sie sich nur wenig. Der Typ an dem Stativ mit der Kamera war der Kerl, der sonst immer den braunen Parka anhatte. Er schien das Ganze zu filmen. Der Fahrer des Volvos hatte eine Fotokamera in den Händen und hatte sich neben das Sofa gehockt. Jetzt fing der Große an, das Mädchen auszuziehen, erst die Sandalen, dann das Kleidchen und schließlich die Unterhose. Zuletzt lag das Mädchen vollständig nackt auf dem Sofa. Der Große trat beiseite, sodass die anderen beiden besser mit den Kameras herankamen. Dann wurde die Kleine in verschiedene, zum Teil unschuldige, zum Teil obszöne Positionen gebracht und von allen Seiten abgelichtet. Elin beobachtete nicht nur, sie drückte mehrfach auf den Auslöser ihrer Kamera.

Also, wenn das nicht reichte, um die Polizei zu interessieren. Nur hatte sie ja ihr Handy im Auto gelassen, so konnte sie jetzt natürlich niemanden alarmieren. Was sollte sie tun? Zurücklaufen und die Polizei verständigen? Das war wohl das Beste. Auf der anderen Seite wollte sie hier nichts Wichtiges verpassen. Trotzdem, sie musste Hilfe holen. Sie sah gerade noch, wie das Mädchen offenbar wach wurde, sich rekelte und mühsam aufsetzte, dann machte Elin sich daran, den Baum herunterzuklettern. Unten angekommen, hörte sie einen Schrei, der sicher von dem Mädchen kam. Dann brüllte einer der Männer und es klatschte. Danach war nur noch Wimmern zu hören. Teufel, was machten die mit ihr? Elin war hin und her gerissen, sollte sie zum Auto rennen oder noch mal nachschauen? Das Mädchen schrie schon wieder, das reichte. Elin huschte zum Fenster und lugte hinein. Nein, das konnte nicht wahr sein, zwei der Typen hielten die Kleine fest, einer filmte, und der Große hatte seine Hose ausgezogen und stand vor den gespreizten Beinen des Mädchens. Elin war außer sich, das konnte sie nicht zulassen. Aber was tun? Sie legte die Digitalkamera und das Fernglas unter das Fenster, holte ihren Schlagstock heraus und zog ihn auf die volle Länge aus. Sie rannte um die Hausecke und zur Tür. Vorsichtig drückte sie die Klinke herunter, die Tür war zum Glück nicht verschlossen. Das Mädchen schrie wieder; Elin hatte keinen richtigen Plan, jetzt konnte ihr nur das Überraschungsmoment helfen. Vielleicht konnte sie einen oder zwei der Typen niederstrecken, dann das Mädchen greifen und wieder hinausrennen? Elin trat in das Haus und holte tief Luft, sie befand sich in einem kleinen Korridor mit offenem Durchgang zum Wohnzimmer. Jetzt oder nie — bevor die Kerle sie bemerkten. Mit einem lauten Schrei stürmte sie in das Zimmer, Markus stand von seinem PC auf, sie holte mit dem Schlagstock aus und traf ihn an der Schulter und am Kopf, er fiel in sich zusammen. Nur noch drei und die wichen alle zurück. Elin sprang zum Sofa und stellte sich schützend vor das Mädchen.

„Ihr lasst sie in Ruhe, ihr Schweine!" Elin versuchte, das Mädchen mit der linken Hand von dem Sofa hochzuziehen. Sie wehrte sich nicht, schien aber immer noch sehr benommen. Weiß der Teufel, was diese Kerle ihr gegeben hatten. „Keiner bewegt sich, die Kleine und ich gehen jetzt." Elin hielt den Schlagstock hoch, bereit zuzuschlagen, und machte einen Schritt vom Sofa weg, die Kleine hinter sich herziehend. Der Volvo-Fahrer verschwand auf der anderen Seite des Raums — gut, einer weniger. Der Große hatte sich seine Unterhose wieder hochgezogen und bewegte sich auf sie zu. Elin schlug mit dem Stock nach ihm, er wich zurück. Elin ging wieder einen Schritt weiter, dann noch einen, die zwei Typen hielt sie mit dem Stock auf Abstand, Markus lag noch am Boden. Sie hatte gerade die Mitte des Raumes erreicht, als der Volvo-Fahrer plötzlich wieder zurückkam, in jeder Hand ein langes Messer.

„Nirgendwo gehst du hin, du Schlampe. Jetzt drehen wir das Blatt um. Hier, Kjell, fang!" Er warf das eine Messer zu dem Mann mit der Stirnglatze, der sonst immer den braunen Parka trug. Kjell fing es auf und jetzt standen zwei bewaffnete Männer zwischen Elin und der Tür. Verdammt, ihr Plan war nicht aufgegangen. Was sollte sie tun? Wenn sie denen in die Hände fiel, war der Kleinen auch nicht geholfen. Sie musste hier raus und das schaffte sie nicht mit der

Kleinen. Sie ließ das Mädchen los, schlug einmal mit dem Schlagstock um sich, um die Kerle auf Abstand zu halten, dann drehte sie sich zu dem Fenster, durch das sie das Geschehen von draußen beobachtet hatte. Das Fenster war ihre einzige Chance, es sah nicht sehr stabil aus und hatte nur eine einfache Glasscheibe. Sie zögerte nicht weiter und spurtete los. Der Große machte noch einen Ausfallschritt, um sie aufzuhalten, aber ein Schlag mit dem Stock traf ihn am Arm und schon war Elin an ihm vorbei. Sie hörte noch, wie er aufschrie, dann sprang sie ab. Sie rollte sich in der Luft zusammen, damit ihr Körper so kompakt wie möglich war. Mit einem lauten Klirren gab das Fenster nach, Elin fiel hindurch und landete draußen auf dem Gras. Sie rollte sich einmal ab, um den Sturz abzumildern, aber es gab nicht viel Platz — sie prallte gegen einen der Holzstapel und ein stechender Schmerz durchzuckte ihren Oberschenkel. Es half nichts, sie musste weiter. Sie richtete sich auf, verdammt tat das weh. Sie humpelte auf die andere Seite des Holzstapels und hatte große Schwierigkeiten zu laufen, sie musste sich das Bein wirklich ziemlich angestoßen haben. Elin versteckte sich in einem Busch hinter dem Holzstapel. Sie sah ein, dass sie den Kerlen so nicht davonlaufen konnte. In ihrer Seite spürte sie ebenfalls einen heftigen Schmerz. Sie fühlte nach und zog dann vorsichtig einen großen Glassplitter heraus, es blutete kräftig aus der Wunde. In diesem Moment hörte Elin, wie die Kerle aus der Hütte gestürmt kamen.

„Los, du links, ich rechts. Sie ist im Wald verschwunden", rief einer.

Elin duckte sich tief auf den Boden. Auf jeder Seite des Holzstapels tauchte eine Gestalt auf, es waren die beiden mit den Messern. Sie stürmten in den Wald, an ihrem Gebüsch vorbei. Uff, sie hatten sie nicht entdeckt. Was jetzt — warten? Doch die Männer würden ja nicht ewig im Wald nach ihr suchen und wenn sie zurückkamen, suchten sie hier möglicherweise etwas gründlicher. Vielleicht konnte sie ein besseres Versteck finden. Oder noch besser zu einem der Autos schleichen. Wenn sie Glück hatte, steckte der Schlüssel, dann könnte sie abhauen — trotz des verletzten Oberschenkels. Sie wartete ein paar Minuten, sie konnte die zwei noch hören, die waren weit weg. Aus der Richtung der Hütte hörte sie nichts. Mühsam stand sie auf, verdammt, hoffentlich war nichts gebrochen. Sie humpelte hinter dem Holzstapel entlang und lugte auf den Hof. Die Autos waren nicht weit weg, am nächsten stand der BMW. Niemand war zu sehen. Deshalb kroch Elin geduckt auf den Wagen zu. Die Bewegung hinter sich nahm sie noch wahr, dann traf sie etwas am Kopf und alles wurde schwarz.

12

ars wartete vor dem Umkleideraum. Seine Tochter Stina duschte immer im Vereinshaus, zusammen mit den anderen Mädchen ihrer Fußballmannschaft. Seit Neuestem spielte sie im Sturm, vorher war sie immer in der Abwehr gewesen. Er hatte sie zum Training gefahren und vom Rasenrand zugesehen. In der zweiten Hälfte des Trainings hatten sie vier Mannschaften gebildet, kurze Spiele ausgetragen und Stina hatte doch tatsächlich zwei Tore geschossen, das wärmte sein Vaterherz. Da kam sie schon, im Gleichschritt mit einer Mannschaftskameradin, beide mit geröteten Gesichtern und feuchten Haaren, fröhlich miteinander plappernd. Genau in diesem Augenblick klingelte sein Telefon. Lars sah auf das Display, eine Mobiltelefonnummer. Er drückte auf den grünen Knopf.

„Hallo, Lars hier."

„*Hej*, Lars, hier ist Maja." Vielleicht sollte er ihre Nummer doch mal einspeichern.

„Ja? Was kann ich für dich tun?"

„Lars, ich mache mir Sorgen um Elin. Sie ist weg und ich kann sie nicht erreichen.“

„Wo wollte sie denn hin?“

„Sie hat nichts gesagt, ich hatte erwartet, dass sie zu Hause ist.“

„Na ja, vielleicht ist sie noch was einkaufen gegangen oder trinkt irgendwo ein Glas Wein.“

„Nein, ich befürchte, dass sie noch mal zu der Hütte mit den vier Kerlen gefahren ist.“

„Warum glaubst du das?“

„Heute Mittag war der Kerl mit dem braunen Parka wieder bei mir vor dem Studio. Das fand ich gar nicht lustig und ich rief Elin deswegen an. Und jetzt fehlt ihre Ausrüstung und sie hat auf ihrem Nachttisch einen Zettel hinterlassen, auf dem eine Karte abgebildet ist, mit den Koordinaten der Hütte.“

Lars schnaufte. „Oh, Mist. Kann diese Frau sich nicht einmal an eine Abmachung halten?“

„Du kennst sie ja, Lars. Sie ist jetzt wahrscheinlich schon seit mehreren Stunden weg und ich habe den Zettel gerade erst gefunden. Ich habe Angst um sie.“

„Hattet ihr vorher noch mal über die Geschichte gesprochen?“

„Nein, die Typen hatten sich ja über eine Woche nicht mehr blicken lassen. Aber ich weiß, dass es Elin trotzdem nicht losgelassen hat. Sie hat über die drei Namen im Internet recherchiert.“

„Mit welchem Ergebnis?“

„Soweit ich das verstanden habe, gab es nichts Auffälliges. Lars, ich kann doch jetzt nicht die ganze

Nacht hier auf sie warten. Was ist, wenn die Kerle sie geschnappt haben?"

Lars überlegte. Er musste mit Stina nach Hause, müsste sich umziehen und dann zu Maja fahren. „Maja, ich bin mit meiner Tochter beim Fußball. Zum Glück ist sie gerade fertig. Ich komme zu dir und hole dich ab, ich brauche aber bestimmt eine halbe Stunde."

„Danke, Lars. Ich warte — beeile dich!"

„Bis dann." Lars legte auf. Jetzt hieß es schnell sein.

Er wandte sich seiner Tochter zu und sagte: „Hallo, Stina, toll deine zwei Tore. Jetzt fahren wir aber rasch nach Hause, dein Papa muss nämlich noch mal weg und hat es eilig. Hast du noch Puste, Stina? Wer als Erster beim Auto ist?"

„Na klar, Papa." Und Stina rannte los, er würde sie nie einholen, aber so gewann er etwas Zeit.

Schon wenig später waren sie bei ihrem Reihenhaus, Lars stellte den Wagen vor die Garage, aber ließ den Motor laufen und sprintete ins Haus. Schnell zog er seine grüne Outdoor-Kleidung an und nahm seinen Rucksack mit der Ausrüstung, der immer griffbereit stand. Dann stürzte er zur Haustür, doch Lisa verstellte ihm den Weg. „Fährst du noch mal weg?"

„Ja, Elin ist wahrscheinlich in Schwierigkeiten, ihre Freundin Maja und ich gehen sie suchen."

Sie runzelte die Stirn. „Lars, du machst doch nicht wieder etwas Gefährliches?"

„Ich hoffe nicht.“

„Immer, wenn Elin dabei ist, passiert irgendetwas. Und ich will dich nicht wieder im Krankenhaus besuchen.“

„Ich weiß, Lisa, aber Elin hat mir letztes Jahr das Leben gerettet. Da werde ich sie jetzt nicht hängen lassen. Das musst du verstehen. Ich passe schon auf mich auf.“

„Hoffentlich. Ruf an, sobald es geht.“

„Mache ich.“ Damit war er aus der Tür und lief zum Wagen.

13

Elin kam langsam zu sich, sie hörte Stimmen, der Kopf schmerzte, der Oberschenkel auch. Sie war an einen Stuhl gefesselt, die Kabelbinder schnitten ihr ins Fleisch, sowohl an den Handgelenken als auch an den Fußgelenken. Über den Mund hatten sie ihr ein Klebeband geklebt, daher konnte Elin nur durch die Nase atmen. Sie öffnete die Augen und sah, dass sie auf einem Stuhl mitten im Wohnzimmer saß. Gegenüber war die Couch, auf dem das Mädchen kauerte. Sie hatte ein Metallband um den Hals, das mit einer Kette in der Wand verankert war. Das Mädchen hatte die Knie hochgezogen, die Ärmchen darumgelegt und wimmerte leise.

Von hinten hörte sie Schritte, jemand kam von draußen in die Hütte.

„Ihr habt sie?"

„Ja, Markus hat ihr eins übergebraten." Der Typ mit der Stirnglatze zeigte auf Markus, der neben Elin stand und sich triumphierend mit ihrem Schlagstock in seine linke Hand schlug. Sie erinnerte sich, der

Stock war ihr beim Sturz aus dem Fenster abhandengekommen.

„Gut gemacht. Wo war sie denn?" Es war der Große, der gerade hereingekommen war und Elin jetzt eingehend musterte.

„Sie wollte gerade zu meinem Auto schleichen, da hinten an den Holzscheiten."

„Was machen wir jetzt mit der?", fragte die Stirnglatze.

Wieder kam jemand rein. „Schaut mal, was ich gefunden habe." Es war der Volvo-Fahrer, er hatte ihre Kamera und das Fernglas in den Händen und zeigte ihnen nun all die Aufnahmen, die Elin gemacht hatte. Das kleine Display der Kamera sprang von Bild zu Bild. „Die hat jede Menge Fotos von uns gemacht."

Zum Glück waren nur die Aufnahmen von heute auf dem Speicher, die anderen waren auf einer Speicherkarte, die bei Elin zu Hause lag.

„Das kleine Luder", Markus wandte sich ihr zu. „Warum interessiert die sich für uns? Wollen wir das nicht aus ihr herauskitzeln?"

„Nicht jetzt, wir kümmern uns später um sie", sagte der Große. „Ich will jetzt erst die Filme mit der Kleinen fertigmachen. Sonst kriegen wir heute gar nichts mehr zustande." Die anderen nickten, der Große schien hier das Sagen zu haben.

„Kannst du denn noch, ich meine nach der ganzen Scheiße mit der da?", fragte der Volvo-Fahrer.

„Oh ja", grinste der Große. „Jetzt bin ich erst richtig in Stimmung. Kann sogar sein, dass es ein wenig heftiger wird als sonst..." Er gab ein dreckiges Lachen von sich. „Aber eins muss ich noch erledigen, bevor es an den Spaß geht." Er wandte sich Elin zu. „Du kleines Miststück hast mich vorhin mit dem Stock geschlagen, mein Arm tut mir immer noch weh. Markus, du hast dich ja schon revanchiert — gib mir jetzt mal den Stock!"

Markus reichte dem Großen den Schlagstock, Elin atmete schneller. Er beugte sich zu ihr runter und sah ihr in die Augen. „Genieße es, du kleines Stück Scheiße. Ich verspreche dir, das ist harmlos im Vergleich zu dem, was wir später mit dir anstellen." Damit holte er aus und schlug ihr mit Wucht auf den rechten Oberschenkel. Elin blieb vor Schmerz die Luft weg, nur ein Quieken kam durch das Klebeband. Die Männer johlten. Der Schlag traf Elins bereits verletzten Schenkel, der schon grün und blau sein musste. Nur langsam ebbte der Schmerz ab und Elin hatte die ersten Sätze des folgenden Gesprächs nicht mitbekommen.

„...deswegen glaube ich nicht, dass sie jemanden dabeihat. Den hätten wir schon gefunden. Hat sie ein Telefon?", fragte der Große gerade.

Markus antwortete: „Nein, habe ich nicht gefunden, habe sie gründlich durchsucht. Und wenn schon, hier gibt es ja eh keinen Empfang."

„Gut, dann raus mit ihr ins Nebenzimmer. Kjell, du nimmst das Messer mit und passt auf sie auf!"

„Gustaf, reicht es nicht, wenn wir sie gut festbinden? Sonst kriege ich ja gar nichts von der Session mit."

„Nein, wir gehen kein Risiko ein, du kannst ja die Tür auflassen, ich will sie auf keinen Fall auf dem Film haben."

Kjell nickte und fasste die Stuhllehne an. „Justus, hilfst du mir?"

Der Volvo-Fahrer nickte und hob die vorderen Stuhlbeine an. Zusammen trugen sie Elin ins Schlafzimmer und stellten sie an die Wand neben das Bett. Kjell, der Typ mit der Stirnglatze, setzte sich aufs Bett und zeigte ihr das Messer. „Na, wir beiden Hübschen können ja auch schon mal ein bisschen Spaß haben, oder?", flüsterte er ihr zu. Er grinste sie an und ließ die Spitze des Messers an ihrem Hals entlang nach unten gleiten. Elin schloss die Augen, sie war überall festgebunden und konnte sich nicht rühren, sie war dem Scheiß-Typ wehrlos ausgeliefert. Sie fühlte, wie das Messer auf ihrer Brust unter die Bluse fuhr. Er presste noch ein wenig, dann gab der erste Knopf nach. Nach dem dritten Knopf zog er die Bluse auseinander, schob die Messerschneide unter den Büstenhalter, genau bei der Verbindung zwischen den beiden Körbchen, und schnitt ihn mit einem Ruck durch. Die beiden Hälften fielen zu den Seiten weg und Elins Brüste lagen frei. „Ja, so ist es doch viel schöner, findest du nicht?", flüsterte er. Sein Atem stank.

In diesem Augenblick ging es im Nebenzimmer wieder los — offenbar hatten sie alles in Position gebracht — und jemand machte sich über das Mädchen her. Sie schrie „nein, nein" und wimmerte. Das war schrecklich anzuhören, aber es lenkte Elins Plagegeist ab, er stand auf und ging zur Tür, um das Geschehen im Wohnzimmer gierig zu beobachten. Offenbar war ihm das wichtiger als Elin zu quälen.

Es folgten furchtbare Minuten, Elin musste alles, was nebenan vorging, mit anhören ohne etwas tun zu können. Heftiges Stöhnen der Männer und das Weinen des Mädchens wurden nur von kurzen Anweisungen unterbrochen, die ausschließlich von dem Großen gegeben wurden. Sie hörte „jetzt bist du dran" und „du in den Mund, er unten" und wollte sich die Details dazu lieber erst gar nicht vorstellen. Was waren das nur für Menschen? Ohne jegliches Mitgefühl? Schließlich wimmerte das Mädchen nur noch leise und langsam schienen sie fertig zu werden.

Dann wurden die Sequenzen im PC überprüft, und die Ausrüstung beiseite gerückt. Markus teilte mit, dass er alles hochgeladen hatte. Schließlich sagte der Große „Holt die Schlampe wieder rein!" und dann trugen die beiden Männer sie wieder in Wohnzimmer. Sie stellten sie mit dem Rücken zum Sofa, sie hörte das Mädchen hinter sich immer noch leise wimmern.

„Oh, Kjell, du hast ja schon angefangen auszupacken", lachte Markus, die Männer johlten. Als sie sich beruhigt hatten, fragte die Stirnglatze verschmitzt „Wollen wir nicht auch ein paar Bilder von ihr machen?"

„Kjell, du weißt doch, dass Bilder von Frauen in dem Alter überhaupt nichts einbringen. Da gibt es genug Mädels, die deutlich hübscher sind und ihre Bilder umsonst ins Netz stellen."

„Ich habe ja auch keine gewöhnlichen Nacktbilder gemeint. Ich dachte an ein *Snuff*-Video — da können wir das Geschäftliche mit dem Nützlichen verbinden und außerdem noch ein bisschen Spaß haben." Er schaute in die Runde. „Wir könnten sie ausziehen, jeder ein Messer nehmen und sie Spießruten laufen lassen. Ein Film bis zum qualvollen Ende — wird bestimmt ein gutes Video. Was meint ihr?"

Elin wurde ganz anders. Sie wusste, was ein *Snuff*-Video war. Das waren Horrorsequenzen, die am Ende das Sterben eines Menschen darstellten. Die meisten dieser Videos täuschten den Tod des Menschen nur vor, aber es gab welche, auf denen das alles echt war und für die wurde in bestimmten Kreisen viel Geld bezahlt. Verdammt, sie hatte einen großen Fehler gemacht, hier würde sie nicht wieder rauskommen, die wollten sie umbringen. Und dem Mädchen konnte sie auch nicht helfen, alles war umsonst gewesen. Warum hatte sie auch alles allein machen müssen? Sie brauchte dringend Verstärkung, aber hatte keine.

Zu ihrem Entsetzen nickte Gustaf, der Anführer. „Keine schlechte Idee. Aber nicht hier drinnen. Erst mal gibt das eine Riesen-Sauerei und dann kommt das besser im Wald. Wir binden sie mit einem Fuß an einem Baum fest, so kann sie zwar ein wenig herumlaufen, aber uns nicht entkommen." Die

Männer waren begeistert, alle waren ganz aufgeregt, wie kleine Kinder vor dem Weihnachtsbaum, nur dass Elin das Geschenk war, und das völlig ohne Verpackung. Ihr wurde übel und sie überlegte verzweifelt, was sie machen konnte. Vielleicht konnte sie irgendeine Finte probieren, wenn sie sie aus dem Haus brachten. Sobald sie von dem Stuhl los war, gab es zumindest eine Chance. Aber schon der nächste Satz des Großen machte ihre Hoffnung wieder zunichte.

„Wir tragen sie samt Stuhl raus, bis zu dem Baum, den wir uns aussuchen. Wir machen sie erst davon los, wenn ihr Bein gut festgebunden ist."

Die Männer murmelten Zustimmung. Einer ging zur Küchenzeile und holte zwei weitere Messer.

„Gustaf, soll ich der Kleinen noch eine Spritze verpassen?", fragte Kjell. Elin erinnerte sich an ihre Internet-Recherche. Der Mann im braunen Parka, den sie als Kjell Norden identifiziert hatte, war Krankenpfleger und kannte sich natürlich mit Injektionen aus.

„Nee, die läuft uns nicht weg. Um die kümmern wir uns später. Ich denke, wir fahren später eine zweite Sequenz mit ihr."

„Heute noch?", fragte der Volvo-Fahrer.

„Justus, denk doch mal nach! Das ist schon das zweite Mal, dass hier so eine Schlampe herumschnüffelt. Glaubst du, das ist ein Zufall? Wir sind hier nicht mehr sicher und müssen so schnell es geht die Hütte räumen, spätestens morgen."

„Scheiße, du hast recht."

„Gut, los jetzt."

Der Volvo-Fahrer und die Stirnglatze hoben Elins Stuhl an und trugen sie durch die Tür, die Treppe runter und in den Wald. Gustaf war schon vorgelaufen und hatte einen Baum ausgewählt. Er winkte sie in seine Richtung. Es ging ein Stück in den Wald hinein, dort stand eine große Buche und rundherum war genügend Platz für ihr Vorhaben.

Markus hatte die Kamera samt Stativ mitgebracht, platzierte sie in geeigneter Entfernung und nahm die Einstellungen vor. Elin wurde samt Stuhl neben den Baum gestellt und Kjell machte sich daran, ihr Bein mit einem dicken Seil festzubinden.

„Ich will sie nackt haben, so wie Kjell gesagt hat", sagte Gustaf, der Große.

„Es ist schwierig, die Klamotten runter zu kriegen, solange sie an den Stuhl gefesselt ist. Und wenn wir sie losmachen, fängt die bestimmt an zu strampeln", antwortete Justus, der Volvo-Fahrer.

„Dann geh und hol eine Schere!", gab Gustaf zurück. Justus drehte sich um und lief zum Haus zurück. Das gab Elin noch einen Moment Aufschub. Was waren ihre Optionen? Sie wollten sie ohne Kleidung, angebunden am Baum mit ihren Messern angreifen. Ihre einzige Chance war, eines der Messer in die Hände zu bekommen, dann konnte sie sich sowohl wehren als auch vom Seil befreien. Aber das musste ihr gleich am Anfang gelingen, hatten die erst mal zugestochen, war sie verloren. Nur hatte dieser Wahnsinnige ihr linkes Bein für das Seil ausgewählt, ihr rechtes Bein war aber fast unbrauchbar, was ihre Beweglichkeit noch mehr einschränkte. Elin hatte nicht vor, aufzugeben, aber keiner mit ein bisschen Verstand würde auf sie wetten. Sie schloss die Augen, so hatte sie sich ihr Ende nicht vorgestellt.

Justus trat aus dem Haus und rief: „Ich habe eine Schere gefunden!" Jetzt ging es also los, Elin holte tief Luft.

14

Lars fuhr über die Stadtautobahn *Essingeleden*, Stockholm breitete sich zu ihrer Linken aus. Das *Stadshuset*, wo jedes Jahr das Festbankett anlässlich der Nobelpreisverleihung stattfand, und die historische Altstadt mit dem Stadtschloss waren deutlich zwischen den Wasserflächen zu sehen. Maja saß neben ihm, ihre dunklen Haare zu einem Zopf geflochten, sie hatte sich auch mit ihrer Kleidung auf die Fahrt in den Wald vorbereitet.

„Maja, falls deine Annahme stimmt und Elin ist wirklich bei der Hütte — wie ist sie eigentlich dorthin gekommen? Hat sie wieder dein Auto genommen?"

„Nein, das steht noch im Hof. Deshalb habe ich zuerst auch angenommen, dass Elin nur irgendetwas anderes erledigen musste. Bis ich dann die Karte gefunden habe." Die Karte lag auf Majas Schoss. „Sie wird sich wohl auf anderem Weg ein Auto besorgt haben."

Lars nickte. Ja, wenn Elin etwas wollte, fand sie schon eine Lösung.

Im Radio kamen die Nachrichten. Nach dem Krieg in Syrien, den Flüchtlingen im Mittelmeer und den schlechten Umfragewerten der schwedischen Oppositionspartei ‚*Moderaterna*' kam eine lokale Meldung. In *Tyresö*, einem Ort südöstlich von Stockholm, war ein fünfjähriges Mädchen verschwunden. Ihr Fahrrad hatte man in einem nahe gelegenen Waldstück gefunden, die Organisation *Missing People* war bereits vor Ort und die Polizei durchkämmte den Wald mit einem großen Aufgebot. Das war nicht gut, dachte Lars. Falls Elin wirklich in Gefahr war und sie Polizeiunterstützung brauchten, könnte es schwer werden, diese zu bekommen – *Tyresö* war nicht weit weg von der Hütte in *Vidja*. Das wollte er Maja aber lieber nicht sagen. Auf der anderen Seite hoffte Lars immer noch, dass Elin vielleicht einfach nur auf ihrem Beobachtungsposten lag und die Zeit vergessen hatte. Na, dann würde sie sicher etwas von Maja zu hören bekommen.

Eine Viertelstunde später kamen sie an dem Feldweg an.

„Was jetzt? Hier parken oder weiterfahren?", fragte Lars.

„Fahr doch hier noch um die Ecke, wir können auch gleich nach dem Auto Ausschau halten, das Elin gefahren hat, dann wissen wir wenigstens, ob sie wirklich hier ist."

„Okay, nur haben wir ja keine Ahnung, mit was für einem Auto sie gekommen ist."

„Na, so viele Autos werden hier schon nicht herumstehen." Das stimmte, die Grundstücke waren alle groß, die Besitzer hatten genug Platz um ihre Autos dort abzustellen, es gab keinen Grund, auf den Weg auszuweichen. Lars fuhr in eine Querstraße rein, aber da stand kein Auto.

„Fahre noch ein Stück weiter. Wenn du da vorn wieder links abbiegst, kommen wir, glaube ich, zurück zu dem Weg, von dem wir gekommen sind."

Lars folgte Majas Vorschlag. Als er wieder abbog, stand ein silberner Toyota am Wegesrand.

„Das könnte er sein. Halt mal an!" Lars hielt neben dem Toyota, Maja stieg aus und schaute in den Wagen. Sie versuchte, die Tür zu öffnen, aber der Wagen war verschlossen. Sie ging zum Vorderreifen und fühlte, dann machte sie das gleiche auf der anderen Seite. Triumphierend hielt sie den Schlüssel hoch. Lars war beeindruckt. Maja drückte auf den Knopf, der Toyota entriegelte. Sie öffnete die Fahrertür und kroch hinein. Sie suchte herum, schien aber nichts zu finden. Lars stieg durch die Beifahrertür ein und öffnete das Handschuhfach. Dort lagen eine Brieftasche und ein Smartphone. In dem Portemonnaie war ein Ausweis. „Das ist Elins. Also ist sie mit diesem Auto gefahren, wahrscheinlich ein Mietwagen. Und jetzt wissen wir auch, weshalb sie nicht auf dem Telefon erreichbar ist. Warum hat sie das im Auto gelassen?", fragte Lars.

„Wahrscheinlich zur Sicherheit, falls sie jemand schnappt."

„Was hoffentlich nicht passiert ist. Gut, dann gehen wir jetzt zu der Hütte. Wir lassen hier alles so, wie wir es vorgefunden haben — für den Fall, dass wir Elin verpassen."

„Gute Idee." Sie stiegen aus, Maja verriegelte den Toyota und legte den Schlüssel wieder auf den linken Vorderreifen.

Sie fuhren zurück zum Beginn des Feldweges und Lars bog, ohne zu zögern, in diesen ein.

„Willst du direkt bis zu der Hütte fahren? Dann bleiben wir aber nicht gerade unbemerkt."

„Nein, aber wenn ich mich recht erinnere, gab es da doch noch eine kleine Abzweigung. Dort lassen wir den Wagen stehen und schleichen uns zur Hütte. Ich will jetzt keine Zeit mehr verlieren — wenn etwas passiert ist, haben wir es sehr eilig."

„Gut, an der Stelle hat Elin auch schon mal geparkt."

Lars fuhr zügig um die Kurven bis zu der Abzweigung, dort drehte er und stellte den Wagen an den Rand, zur Abfahrt bereit. Er griff nach seinem Rucksack und stieg aus.

Maja kam um das Auto herum. „Willst du auf dem Weg gehen oder durch die Bäume?"

„Wir nehmen den Weg, geht schneller und ist außerdem leichter für mein Bein. Wenn jemand kommt, können wir uns immer noch in die Büsche schlagen."

Maja sah auf sein Bein. „Was ist denn damit? Hast du dir das Bein verstaucht?"

„Nein, das ist eine alte Sache: Schussverletzung im Knie, als ich bei der Polizei war.“

Sie machten sich auf den Weg und gingen zügig, auch wenn Lars sein linkes Bein kräftig nachzog. Sie schwiegen, jeder mit seinen Gedanken beschäftigt. Lars hoffte immer noch, dass Elin irgendwo fröhlich im Unterholz liegen würde, ihre Kamera auf die Hütte gerichtet. Aber sie war jetzt über vier Stunden weg, das erschien ihm doch sehr lang.

Dort vorn war die Hütte, zwei Autos standen davor. Lars ging links zwischen die Bäume und gab Maja Zeichen, ihm zu folgen. In Deckung der Bäume pirschten sie sich vorsichtig an den Autos vorbei, dahinter sah man eine kleine Treppe zur Eingangstür der Hütte. Lars setzte sich wieder in Bewegung, um die nächste Hausecke herum. Er musterte den Waldrand entlang der Hütte, konnte aber nichts entdecken. Wenn Elin irgendwo dort auf der Lauer lag, war sie gut versteckt. Plötzlich kamen Stimmen aus der Hütte, es hörte sich an, als ob ein paar Männer Fußball guckten und gerade ein Tor gefallen war.

„Maja, du bist wendiger als ich“, flüsterte Lars. „Kannst du zu dem Fenster schleichen und reinschauen?“

Sie nickte und pirschte davon. Lars sah, wie sie an der Hauswand zum Fenster schlich, sich aufrichtete und hineinspähte. Sie schaute nicht lang, dann kam sie rasch auf dem gleichen Weg zurück. Lars sah sie erwartungsvoll an.

Maja hatte Panik in den Augen und stieß hervor: „Sie haben Elin. Sie ist auf einen Stuhl gefesselt und die Kerle haben Messer."

„Scheiße, *worst case*."

„Das kannst du laut sagen. Was machen wir jetzt?"

„Polizei anrufen." Lars holte sein Handy heraus. „Mist, kein Netz. Du?"

Maja schaute auf ihr Handy und schüttelte den Kopf.

„Maja, du bist schneller als ich. Lauf zurück! Ich glaube, dass bei unserem Auto noch Netzempfang war. Dann ruf 112 an und sag, dass vier Männer eine Frau gefangen halten und mit dem Messer bedrohen. Es besteht Lebensgefahr, die müssen sofort kommen. Verstanden?"

Maja nickte und wollte schon los spurten, aber Lars hielt sie fest. „Halt", wisperte Lars. „Danach kommst du hierher zurück, wir treffen uns dort hinter dem aufgestapelten Holz, okay? Vielleicht müssen wir noch eingreifen, bevor die Polizei hier ist." Maja hob den Daumen und huschte los.

Lars ging langsam zu dem Holzstapel, den er Maja gezeigt hatte. Von dort hatte er einen guten Überblick und würde auf Maja warten. Er schaute auf die Uhr, es war kurz vor einundzwanzig Uhr. Trotzdem war es noch taghell, eine Woche vor Mittsommer ging die Sonne erst in einer guten Stunde unter und auch dann wurde es nicht richtig dunkel. Deshalb mussten sie vorsichtig sein, damit sie nicht entdeckt wurden.

Es dauerte nicht lang, da kam einer der Männer aus dem Eingang. Es war der große von ihnen und er lief an den Autos vorbei in den Wald. Lars duckte sich. Verdammt, hatten die etwas gemerkt? Lars verhielt sich still, er nahm leise seinen Rucksack ab und öffnete ihn. Er kramte leise darin herum und holte das Pfefferspray heraus — das war zwar in Schweden für Privatpersonen verboten, aber es war äußerst wirkungsvoll. Er nahm es in seine linke Hand. Von seinem Gürtel hakte er seinen Schlagring ab und legte ihn um die Finger seiner rechten Hand. Jetzt noch das Messer aus dem Gürtel und ebenfalls in die rechte Hand. Damit war er gut gewappnet. Falls der große Kerl ihn hier aufspürte, würde er eine Überraschung erleben.

Aber als der Kerl aus dem Wald zurückkam, tauchten auch die anderen Männer auf und verließen die Hütte. Zwei von ihnen schienen etwas zu tragen — ja, das war Elin auf dem Stuhl. Es sah so aus, als ob Elin oben herum ziemlich nackt war. Die Männer waren alle mit Messern bewaffnet. Der Große rief, dass er einen guten Baum gefunden hätte. Was hatte das zu bedeuten? Wollten die Elin hängen? Lars würde sich bereithalten, das musste er um alles in der Welt verhindern. Hinter sich hörte er ein Geräusch, er drehte sich um, das Spray im Anschlag. Es war Maja. Erleichtert ließ er die Hand sinken.

„Hast du angerufen?"

Maja nickte, sie war außer Atem. „Die Polizei kommt."

„Pass auf, Maja. Diese Männer haben Elin in den Wald getragen, sie wollen zu einem Baum. Alle haben Messer bei sich. Ich weiß nicht, was die mit ihr vorhaben, aber das alles lässt nichts Gutes erahnen. Wir müssen eingreifen. Einer von den Typen ist gerade im Haus, wenn der herauskommt, kannst du den ausschalten?" Maja nickte, sie nahm ihren Schlagstock heraus und zog ihn auf volle Länge aus. „Am besten gehst du da rüber und wartest bei dem Volvo auf ihn. Ich gehe zu den anderen, da hinten an dem Baum, siehst du sie? Dorthin folgst du mir, sobald du den Typ umgehauen hast, dann greifen wir die anderen drei an und holen Elin da raus. Einverstanden?"

Maja nickte. Sie huschte zum Volvo. Gerade als sie in Position war, kam der eine Kerl raus und rief laut in den Wald: „Ich habe eine Schere gefunden!"

Lars eilte in Richtung der anderen drei Typen, es würde schnell gehen müssen. Er hörte, wie der Typ die drei Stufen vom Eingang nahm, danach ein dumpfes Geräusch. Er drehte sich kurz um, der Mann war nicht mehr zu sehen, offenbar hatte Maja Erfolg gehabt. Der nächste Satz der Männer bestätigte das.

„He, Justus, was machst du denn? Bist du vor Aufregung hingefallen?", rief einer der Männer vor ihm. Die anderen zwei kicherten.

Lars kam zwar von deren Seite und war bis jetzt nicht bemerkt worden, aber es gab von hier keine Deckung mehr. Der Mann mit der Stirnglatze, den Lars als den Mann erkannte, den er verfolgt hatte, stand direkt bei Elin, die immer noch an den Stuhl gefesselt war, und hielt ein Seil in der Hand. Die zwei anderen, unter ihnen der Große, befanden sich zwischen Lars und Elin. Er entschloss sich zum Angriff und stürmte los.

„He, wer zum Teufel ist das denn?", grölte der Mann, der bei Elin stand, und zeigte auf Lars. Die anderen beiden wandten sich um, aber Lars war schon bei dem ersten und verpasste ihm einen Schlag mit seiner rechten Faust. Der Kerl fiel rückwärts auf den Boden, doch Lars hatte keine Zeit, sich weiter um ihn zu kümmern, der Große kam schon auf ihn zu und holte mit seinem Messer aus. Lars riss die Spraydose hoch und drückte lang und kräftig auf den Sprühknopf.

„Aah, Scheiße, was ist das?" Der Große hielt beide Hände vor die Augen und krümmte sich vor Schmerzen, sein Messer hatte er fallengelassen. Jetzt war der Mann mit der Stirnglatze auf dem Weg, er hatte das Seil losgelassen und rannte auf Lars zu. Wo zum Teufel blieb Maja?

Da war sie, Maja kam angesprungen und rammte den Mann von der Seite. Maja konnte das Gleichgewicht halten und hob den Schlagstock, aber der Mann mit der Stirnglatze hatte sich abgerollt und war schon wieder auf den Beinen. Er peilte kurz die Lage, dann drehte er sich um und gab Fersengeld in den Wald.

„Los, wir müssen Elin befreien. Ich schneide sie los, du hältst die Kerle in Schach." Lars lief zum Stuhl und schnitt mit seinem Messer die Kabelbinder durch. Elin riss sich mit der ersten freien Hand das Klebeband vom Mund. „Danke. Bin ich froh, dass ihr da seid. Das war in letzter Minute, die wollten mich abschlachten."

Lars war mit den Kabelbindern fertig, nur das Seil war noch um Elins Bein gebunden, es war zu dick und der Knoten fest, es würde zu lange dauern, es loszumachen. Stattdessen reichte er es Elin und sagte: „Das musst du tragen. Los, nichts wie weg hier, bevor die sich wieder berappeln. Wir laufen zu meinem Auto."

Elin stand auf, verzog das Gesicht und setzte sich wieder auf den Stuhl. „Lars, ich kann nicht laufen, mein rechtes Bein ist verletzt." Sie sah ihn hilflos von unten an.

„Ich trage dich", sagte Maja und machte zwei Schritte auf Elin zu. „Komm, los geht's",

„Nein, warte! Wir müssen erst in die Hütte und das Mädchen befreien", widersprach Elin.

„Welches Mädchen?", fragte Lars verwundert.

„Sie halten ein kleines Mädchen gefangen. Sie haben schreckliche Dinge mit ihr gemacht. Bitte, wir können sie hier nicht zurücklassen." Elin sah ihn flehend an.

Lars überlegte. „Okay, dann gehen wir alle zusammen. Wir dürfen uns auf keinen Fall trennen. Nur so haben wir eine Chance."

Maja legte Elin über ihre Schulter und ging Richtung Hütte, den Schlagstock hatte sie nach wie vor in der Hand. Lars sicherte den Rückzug. Der Große kniete im Gras und rieb sich immer noch die Augen, der andere lag neben ihm und rührte sich nicht. Der Kerl mit der Stirnglatze war nicht zu sehen. Sie kamen sicher zur Hütte, neben dem BMW lag der vierte Mann und bewegte sich leicht, er schien wieder zu sich zu kommen. Lars hielt das Pfefferspray in seine Richtung und wartete, bis Maja mit Elin in der Tür verschwunden war. Dann folgte er und verschloss die Tür. Sie ließ sich von innen verriegeln, was er sofort tat. Er ging durch den Korridor in das Hauptzimmer und schaute sich um. Große Beleuchtungslampen, ein PC, eine Küchenzeile und ein Sofa, auf dem ein nacktes Mädchen hockte, dahinter ein zersplittertes Fenster. Elin und Maja saßen bei dem Mädchen, sie blutete aus dem Unterleib und sah noch völlig benommen aus. Elin hatte den Arm um sie gelegt und untersuchte das Metallband um ihren Hals. „Das ist mit einer Schraube gesichert. Ich brauche einen Schraubenzieher oder ein Messer.“

„Hier.“ Lars reichte ihr sein Messer. „Was ist denn mit dem Fenster passiert?“

„Oh, das war mein Fluchtversuch“, antwortete Elin. Sie hatte es gerade geschafft, die Schraube zu entfernen und das Halsband zu öffnen, als sie Geräusche von der Tür hörten. Jemand versuchte, sie von außen zu öffnen. Das kleine Mädchen starrte ängstlich zum Korridor.

„Mist, das hatte ich befürchtet“, sagte Lars. „Mindestens einer von denen ist schon wieder auf den

Beinen." Jetzt schlug jemand mit etwas Hartem gegen die Tür.

„Lang wird die Tür nicht standhalten. Können wir uns irgendwie verschanzen?" Er war auch nicht sicher, ob die scharfe Glaskante des zerbrochenen Fensters die Kerle abhalten würde, falls sie die Tür nicht aufbekämen.

„Es gibt noch ein kleines Schlafzimmer dort hinten", antwortete Elin.

Lars ging hin und schaute in das Zimmer: ein Bett, ein Nachtschrank, ein Stuhl, ein Kleiderschrank und ein kleines Fenster.

„Ja, kommt alle hier rein, das ist besser als das große Zimmer." Maja nahm die Kleine auf den Arm, Lars ging zurück zu Elin und half ihr hoch, sie humpelte mit ihm zum Schlafzimmer. Er schloss die Tür, drehte den Schlüssel um und ging zum Kleiderschrank. „Maja, hilf mir mal. Ich will den Schrank vor die Tür stellen."

Gemeinsam schoben sie den Schrank vor die Tür. Lars bewertete die Situation und sagte: „Ewig wird sie das nicht zurückhalten, aber es gibt uns einen Aufschub. Auf jeden Fall lässt sich dieses Zimmer besser verteidigen als das große."

Elin saß neben dem Mädchen auf dem Bett, sie hatte sie in ein Laken eingewickelt und den Arm um sie gelegt. Lars' Messer lag auf der anderen Seite neben ihr, damit hatte sie gerade ihr Bein von dem Seil befreit. Das Mädchen starrte apathisch vor sich hin.

„Jetzt können wir nur hoffen, dass die Polizei schnell kommt", sagte Maja.

„Habt ihr sie angerufen? Wann denn?", fragte Elin.

„Kurz bevor wir dich befreit haben. Ich musste allerdings fast bis zum Auto zurücklaufen, bevor ich Empfang hatte." Maja schaute auf ihr Smartphone. „Also, der Anruf war vor dreiundzwanzig Minuten. Was meinst du, Lars, wie lang wird es dauern, bis die kommen?"

„Mit einer halben Stunde müssen wir schon rechnen. Und das auch nur, wenn die eine Einheit zur Verfügung haben, ansonsten dauert es noch länger. Die haben ja ein Großaufgebot in *Tyresö*, wo sie nach dem Mädchen suchen. Hätten wir gewusst, dass die Kleine hier ist, hätten wir das mitteilen können. Da wären wir auf deren Prioritätenliste ganz nach oben gerutscht."

„Können wir nicht noch mal anrufen?", fragte Elin.

„Wie denn? Hier ist ja kein Empfang", antwortete Maja.

„Da steht doch ein Telefon", Elin zeigte auf ein altmodisches Telefon mit Wählscheibe, das auf dem Nachtschrank stand.

„Meinst du, das funktioniert?" Maja machte einen Schritt dorthin und hob den Hörer ab. Sie hob den Zeigefinger und grinste, als sie alle den Wählton hörten.

„Die haben hier sicher Internet und alles für ihre schrecklichen Bilder, da ist Internet-Telefonie ja kein Problem", erklärte Elin.

Maja wählte bereits 112. Kurz darauf war sie schon verbunden.

„Ja, hallo, hier spricht Maja Gustafsson. Ich habe vor einer knappen halben Stunde schon einmal angerufen, wegen der überfallenen Frau und den vier Männern in der Nähe von *Vidja*. Jetzt haben wir die Frau befreit und dabei festgestellt, dass die Männer auch ein kleines Mädchen gefangen hielten, wir gehen davon aus, dass es sich um das vermisste Mädchen in *Tyresö* handelt. Wir haben uns jetzt in der Hütte verbarrikadiert, aber die vier Männer versuchen hereinzukommen und wir brauchen dringend Hilfe ... Ja, ich warte ... Ist unterwegs? ... okay ... danke ... ja ... auf Wiederhören."

Maja legte auf. „Die Polizei sollte bald hier sein, wann genau konnte man mir nicht sagen." Sie sah die anderen an. „Wir schaffen das."

In diesem Moment hörten sie ein lautes Krachen, dann ein triumphierendes Gebrüll. Offenbar hatten die Kerle die Eingangstür der Hütte aufgebrochen. Jetzt waren Schritte und Stimmen im Nebenzimmer zu hören, es waren mindestens drei von ihnen. Lars sah, wie das Mädchen anfing zu zittern, Elin drückte die Kleine fest an sich, aber das schien nicht zu helfen.

„Sie sind im Schlafzimmer", brüllte einer der Männer im Wohnzimmer, Lars glaubte, das war der

Große. Jemand arbeitete erst an der Klinke, dann warf er sich gegen die Tür, der Schrank erzitterte.

„Los, diese Tür knacken wir auch noch." Und schon wurde mit etwas Großem und Harten gegen die Tür gedonnert. Bei jedem Schlag vibrierte der Kleiderschrank, beim fünften Schlag knirschte die Tür.

Lars sah die beiden Frauen an. „Wir machen uns besser bereit. Elin, wir ziehen das Bett vor, dann kannst du mit der Kleinen in der Ecke dahinter in Deckung gehen. Ich möchte, dass ihr aus dem Weg seid."

Elin nickte, nahm das Messer, stand mühsam auf und zog die Kleine hoch. Maja und Lars zogen das Bett vor und stellten es hochkant auf die Seite. Elin und die Kleine krochen dahinter in die Ecke, dann schoben Lars und Maja das Bett vor sie. Sie sahen sich an und nickten, beide waren bereit. Sie stellten sich nebeneinander in die Mitte des Raums.

Die Schläge gegen die Tür zeigten Wirkung, es knirschte immer mehr, die Tür hatte schon ziemlich nachgegeben. Wieder ein heftiger Schlag und die Kerle jauchzten.

„Gleich haben wir es. Nochmal kräftig!"

Eine kurze Pause, der Typ schien auszuholen, dann krachte es ordentlich und der Schrank wankte. Gleich würden sie durch sein.

In dem Moment sagte Elin: „Hört ihr das?"

Lars lauschte. Oh ja, das war ein gutes Geräusch — die Sirene von einem Polizeiwagen. Und der schien näher zu kommen. Selten hatte er sich so gefreut, es zu hören.

Die Männer vor der Tür hatten es offenbar auch gehört. „Scheiße, die Bullen. Los, wir verduften. Markus, nimm den PC mit." Es polterte draußen, dann ging die Tür, schließlich starteten beide Wagen, danach war es ruhig — bis auf die Polizeisirene, die jetzt immer lauter zu hören war. Lars atmete aus, das war knapp gewesen.

„Sollen wir rausgehen?", fragte Maja.

Lars schüttelte den Kopf. „Wir warten, bis der Streifenwagen hier ist. Keine Lust, dass doch noch einer von den Kerlen hier herumschwirrt und uns abpasst." Sie stellten das Bett wieder auf und alle vier setzten sich darauf.

Maja umarmte Elin. „Meine Kleine, was machst du nur für Sachen? Scheiße, habe ich eine Angst um dich gehabt." Sie streichelte ihren Rücken. „Wo bist du verletzt?"

Elin machte Bestandsaufnahme. „Der Oberschenkel ist Matsch, erst bin ich nach dem Sprung durchs Fenster gegen den Holzstapel geprallt und dann hat mir dieser Verrückte mit dem Schlagstock darauf geschlagen. Außerdem habe ich noch eine Beule am Kopf und hier an der Seite blutet es, dort hatte ich mir eine Glasscherbe eingefangen."

Maja untersuchte die Stellen. „Du musst auf jeden Fall zum Arzt."

Elin nickte. „Nochmal danke, dass ihr gekommen seid. Ich weiß, dass ich wieder einen Alleingang gemacht habe — entgegen meinem Versprechen. Tut mir leid.“

„Hauptsache, ich habe dich wieder.“ Maja umarmte sie erneut.

Lars klopfte Elin auf die Schulter. „Respekt. Dein Gespür war wieder mal richtig. Das sind ja wirklich Typen der übelsten Sorte. Ich schätze mal, dass es so einige geben wird, die dir für deine Aktion dankbar sind. Wäre natürlich besser gewesen, wir hätten das gemeinsam gemacht.“

Elin sah ihn frustriert an, ihre grünen Augen funkelten. „Aber ihr wolltet ja nur mitmachen, wenn ich mehr Fakten hätte vorweisen können. Die habe ich aber erst heute bekommen.“

Lars schaute zu Seite. Ja, sie hatte recht. Er wäre wohl nicht hierhergekommen, wenn Elin nur nett gefragt hätte. In diesem Moment hielt ein Wagen mit lauter Sirene vor dem Haus, man hörte, wie zwei Türen geöffnet wurden, dann rief jemand.

„Hier ist die Polizei. Wir fordern alle auf herauszukommen.“ Die Kavallerie war da, sie waren gerettet.

15

Elin war mit dem Mädchen im Schlafzimmer geblieben. Sie hörte, wie Lars und Maja den Polizisten die Lage erklärten. Einer der Polizisten war offenbar ein ehemaliger Kollege von Lars und hatte ihn gleich erkannt. Das machte die Lage einfacher.

„Tobbe, was wir jetzt brauchen, sind zwei Krankenwagen, einen für meine Kollegin Elin und einen für das kleine Mädchen, das wir befreit haben. Beide sitzen hinten in dem kleinen Zimmer. Elin kann nicht laufen und die Kleine ist missbraucht worden", hörte sie Lars sagen.

„Okay, mein Kollege kümmert sich darum. Lass uns reingehen." Schritte kamen durch das Nebenzimmer, dann schaute ein Polizist herein, Lars stand hinter ihm. Der Polizist machte ein erschrecktes Gesicht. „Puh, das sieht nicht gut aus. Ist es schlimm?" Elin konnte sich den Anblick vorstellen, sie dreckig, blutverschmiert und mit zerrissener Bluse und das Mädchen völlig verängstigt, in das Laken eingewickelt, auf dem sich unten ein roter Fleck gebildet hatte. „Es geht schon, ich werde es überleben. Ich mache mir mehr Sorgen um das Mädchen. Sie blutet sehr stark und muss so schnell wie möglich in ärztliche Behandlung.“

„Was haben die mit ihr gemacht?“

Elin sah die Kleine an, die schien das Gespräch nicht zu verfolgen, sie schaute nur apathisch vor sich hin. Wenn sie nur wüsste, wie sie ihr helfen konnte.

„Sie haben sie am Hals angekettet und mehrfach vergewaltigt. Ich musste alles von hier anhören und konnte nichts machen. Es war schrecklich.“, brachte Elin mit zittriger Stimme heraus.

„Was für Schweine.“

„Habt ihr sie gekriegt?“, fragte Lars.

„Zwei von ihnen, die mit dem BMW, hatten versucht, uns über das Feld auszuweichen und sind stecken geblieben. Die Kollegen im zweiten Polizeiwagen haben die beiden schon festgenommen und sind auf dem Weg zur Wache. Der Volvo ist uns entkommen, aber die Ringfahndung ist eingeleitet, die kriegen wir. Etwas anderes: wissen wir, wie das Mädchen heißt? Ist sie die vermisste Ebba?“

Elin schüttelte den Kopf. „Keine Ahnung. Sie redet nicht. Vielleicht ist ihre Kleidung noch im Wohnzimmer, wenn das irgendwie hilft.“

„Ich schau mal.“ Der Polizist ging zurück ins Wohnzimmer. Elin hörte, wie er dort herumkramte. Sie versuchte noch einmal, die Kleine anzusprechen, aber das Mädchen reagierte auch nicht auf den Namen ‚Ebba‘, sie starrte weiter ins Leere. Draußen war gerade ein zweiter Wagen eingetroffen, auch mit Sirene. Schritte waren zu hören, es schienen mehrere Personen zu kommen.

„Wo ist sie?", fragte eine Frau. Da hob das Mädchen den Kopf und schaute zur Tür. Lars trat beiseite, um eine junge Frau durchzulassen, gefolgt von zwei Polizisten und einem Mann in Zivil. Die Frau stürzte zum Bett und fiel auf die Knie. „Ebba, mein Schatz." Das Mädchen sagte nichts, aber streckte die Arme nach der Frau aus, die sie fest an sich drückte. Die Frau weinte, die Tränen liefen ihr nur so die Wangen herunter. Die beiden Polizisten sahen sich an, der eine sagte: „Das ist sie, ich gebe das sofort weiter, dann können wir die Suchaktion abbrechen." Der andere nickte und sie verließen den Raum. Der Mann in Zivil war zu dem Mädchen und der Frau an das Bett getreten und streichelte den Kopf des Mädchens, auch er weinte.

Schließlich wandte er sich an Elin. „Ich bin Anders, der Vater von Ebba. Warst du es, die sie gerettet hat?"

„Na ja, nicht allein. Mein Kollege und meine Freundin waren auch dabei, und dann natürlich die Polizei."

„Nur keine falsche Bescheidenheit", warf Lars von der Tür her ein. „Wenn Elin der Sache nicht nachgegangen wäre und sich nicht mit persönlichem Risiko eingesetzt hätte, wäre es nicht zu der Rettung gekommen."

Der Mann schaute Elin an und nahm ihre Hand. „Ich danke dir. Ich kann gar nicht sagen, wie dankbar ich bin, dass wir Ebba wiederhaben." Die Frau hatte Ebba immer noch im Arm, aber auch sie sah Elin an und nickte bekräftigend. Elin wusste nicht, was sie sagen sollte. Sie lächelte und drückte die Hand von Anders.

Wieder war eine Sirene zu hören, Lars sagte: „Der erste Krankenwagen ist gekommen."

Elin sagte zu dem Mann: „Geht ihr zuerst, bei mir ist es nicht so schlimm. Ich warte auf den nächsten."

„Danke", der Mann klopfte ihr auf die Schulter, dann verließen die drei das Zimmer.

Lars setzte sich neben sie. „Das tat gut, oder?" Elin nickte. „Genieße es, kriegt man nicht so oft in dem Job. Aber dein Einsatz hier war auch wirklich außergewöhnlich."

„Meinst du, ich habe noch einen Job?"

„Oh, ja. Wenn Tobias dich deswegen feuert, kann er mich gleich mit herausschmeißen." Lars grinste.

Draußen fuhr der zweite Krankenwagen vor, jetzt war Elin dran. „Hilfst du mir nach draußen?"

„Na, klar doch. Ist mir eine Ehre." Er stützte sie auf und sie humpelte los.

16

Heute trafen sie sich zum dritten Mal im Café ‚*Vete-Katten*‘. Helena hatte gestern bei Elin angerufen und um ein Gespräch gebeten. Sie hatte sogar angeboten, dafür zu bezahlen. Diesmal war Elin zuerst dort gewesen, Helena hatte sich gerade hingesetzt. Elin betrachtete sie, Helena war wie immer gepflegt gekleidet und sorgfältig geschminkt, aber das Make-up konnte nicht verbergen, dass es ihr nicht gut ging. Man sah die geröteten Augen, die dunklen Schatten darunter und sie lächelte nur mühsam. Elin sah sie erwartungsvoll an. Helena wirkte übermüdet und traurig.

„Danke, dass du gekommen bist", begann Helena. „Die letzten Wochen waren furchtbar für mich. Markus ist in Untersuchungshaft, er will nicht mit mir reden, er empfängt nur seinen Anwalt. Unsere Wohnung ist von der Polizei durchsucht worden, sie haben so einiges mitgenommen. Ich bin mehrfach vernommen worden, aber sie erzählen mir leider keine Details. Ich weiß nur, dass es um Pädophilie geht, und das ist wirklich schlimm. Das war ein echter Schock für mich, ich meine, ich habe mit Markus zusammengelebt, ich habe ihn geliebt, es gab sogar eine Zeit, in der wir von Heirat gesprochen haben. Und jetzt das. Ich hatte wirklich nicht den geringsten Verdacht in diese Richtung. Meine schlimmste Befürchtung war eine andere Frau — wie du weißt. Ja, die Polizei wollte alles ganz genau über meinen Auftrag an dich wissen. Einer von denen machte dann die Bemerkung, dass du bei der Aufklärung geholfen hast. Das hat mich gewundert, denn du hattest mir ja nichts berichtet, was Anlass zu solchen Verdächtigungen gab. Deshalb wollte ich dich gern treffen, ich hoffe, du kannst mir mehr erzählen. Wie gesagt, Elin, ich bezahle dich auch." Helena sah Elin bittend an.

Elin nickte. „Ja, ich kann dir eine ganze Menge erzählen, ich fürchte nur ... nein, ich bin sicher, dass es dir überhaupt nicht gefallen wird."

Helena verzog das Gesicht. „So schlimm?" Sie schluckte. „Trotzdem, Elin, bitte erzähle mir alles. Ich will wissen, was passiert ist und was Markus getan hat. Nur dann kann ich mich entscheiden, wie ich weiter vorgehe. Und nur so kann ich mein Leben neu ordnen. Kannst du das verstehen?"

„Ja, das kann ich. Okay, ich erzähle dir die ganze Geschichte. Aber sage hinterher nicht, ich hätte dich nicht gewarnt!"

„Versprochen."

Elin berichtete über den Mann im Parka, wie der Maja verfolgt hatte und den Überfall im Park mit der

Drohung. Helena starrte sie mit ungläubigen Augen an. Dann erzählte Elin ihr, wie sie noch einmal zur Hütte gefahren war und beobachtet hatte, wie das kleine Mädchen dort hineingetragen und dann entkleidet wurde. Sie beschönigte nichts von ihrem riskanten Einsatz und dessen Folgen und kam dann zur Befreiung durch Lars und Maja sowie dem Polizeieinsatz.

„Unfassbar." Helena schüttelte ungläubig den Kopf. „Dass Markus und die anderen so etwas Furchtbares getan haben. Ich fasse es nicht. Es tut mir leid, in welche Gefahr du dadurch gekommen bist. Waren deine Verletzungen sehr schlimm?"

„Ein paar Schürfwunden und die Verletzung am Oberschenkel, deshalb humple ich immer noch, aber das wird wieder."

„Und das kleine Mädchen?"

Elin sah sie an. „Die Kleine wurde auch gerettet."

„Ja, aber ... haben sie ihr was angetan?"

Elin zögerte.

„Du kannst mir das ruhig sagen", forderte Helena.

„Mindestens zwei von ihnen haben sie vergewaltigt", brachte Elin schließlich hervor.

„Oh, Gott. Das ist ja schrecklich. War ... war Markus einer von ihnen?"

„Das weiß ich nicht, ich habe es nur gehört, ich war im Nebenzimmer. Aber er war in jedem Fall daran beteiligt." Diese Minuten würde sie wohl nie vergessen, sie hatte immer noch Albträume von dieser Situation.

Helena hatte Tränen in den Augen und war sichtlich erschüttert. „Wie geht es dem Mädchen jetzt?"

„Nicht gut. Die Familie ist mir sehr dankbar für die Rettung und ich habe auch weiterhin Kontakt zu ihnen. Deshalb weiß ich ziemlich genau, wie es um Ebba steht. Ihre körperlichen Schäden sind wieder verheilt, aber die psychischen Schäden sind enorm: Sie redet immer noch nicht und ist meist apathisch. Sie ist natürlich in psychologischer Behandlung, aber die Ärzte können nicht sagen, wie das ausgeht."

„Um Gottes willen. Das arme Kind. Das ist ja alles viel schlimmer, als ich befürchtet hatte. Ich dachte, es geht vielleicht nur um kinderpornografische Fotos im Internet, auch wenn das natürlich schon übel genug ist. Aber ein Kind zu entführen und es zu vergewaltigen ..." Helena legte beide Hände vor das Gesicht. Dann wischte sie mit dem Handrücken über ihre Augen, die Wimperntusche verschmierte.

„Ja, um Bilder ging es auch", sagte Elin. „Die Männer haben das Mädchen eingehend fotografiert und das Ganze gefilmt. Dieses Material sollte dann auf einigen speziellen Internet-Plattformen für viel Geld vertickt werden. Die Polizei hat jede Menge andere Bilder und Filme auf deren PCs gefunden. Außerdem haben sie Verbindungen zu anderen Gruppen entdeckt, da werden hoffentlich noch ein paar mehr auffliegen."

„Verstehe." Helena schnaubte in ein Taschentuch. Dann hielt sie inne und fragte: „Was hätten sie hinterher mit dem Mädchen gemacht? Wieder freigelassen?"

Elin schüttelte den Kopf. „Ich fürchte, nein."

Helena starrte sie an. „Du meinst, sie hätten das Kind umgebracht? Haben sie das gesagt?"

„Nein, aber die Polizei hat eine Kinderleiche gefunden, die im Wald hinter der Hütte vergraben war. Die Leiche ist noch nicht identifiziert und hat dort schon ein paar Monate gelegen."

Helena war erstarrt, sie blickte Elin entsetzt an. „Ich kann das nicht glauben. Was für Monster. Und einer davon ist Markus. Ich kriege das überhaupt nicht zusammen. Das alles hätte ich ihm niemals zugetraut."

Elin trank von ihrem Kaffee. Von der Idee mit dem *Snuff*-Video wollte sie Helena lieber nichts erzählen, sie hatte schon genug zu verdauen.

„Sind denn alle vier Männer geschnappt worden?"

„Ja. Zwei konnten erst mit dem anderen Auto fliehen, sind aber einige Stunden später von der Polizei gestellt und verhaftet worden. Jetzt sitzen alle in Haft."

Beide schwiegen eine Weile.

„Helena, kann ich dich auch etwas fragen?"

„Klar. Was denn?"

„Bei unserem ersten Gespräch, als wir hier im Café saßen, hatte ich das Gefühl, dass du mir nicht alles erzählt hast. Hattest du mir etwas vorenthalten?"

Helena zog die linke Augenbraue hoch und blickte in den Raum. Sie schien nachzudenken. „Nein, eigentlich nicht. Ich weiß jetzt nicht, was du meinst."

„Ich hatte dich nach dem Sex in eurer Beziehung gefragt und du bist mir bei der Antwort ausgewichen. Du hast lediglich gesagt, dass es weniger geworden war."

„Oh, ja, du hast recht." Helena schluckte. „Was ich dir nicht erzählt habe ... ja, also ... wenn es in letzter Zeit doch mal dazu kam, dann passierte meistens nicht viel. Markus ... er konnte nicht richtig, verstehst du?"

Elin nickte. „Er kriegte keinen mehr hoch?"

„Ja", hauchte Helena.

„Aha. Ja, das passt. Er hatte wohl nur noch Spaß an kleinen Mädchen." Elin sah Helenas Blick. „Sorry."

„Schon gut. Du hast ja leider recht."

Sie tranken ihren Kaffee aus, dann erhob sich Helena und umarmte Elin zum Abschied. Sie sah völlig vernichtet aus. Elin sah ihr nach, wie sie das Café verließ. Diese vier Männer hatten es wirklich geschafft, das Leben von vielen Menschen zu ruinieren. Sie dachte an die kleinen Mädchen und deren Familien, aber Helena gehörte ebenfalls dazu, auch wenn sie die beste Chance für einen Neuanfang hatte. Trotzdem, Elin wollte nicht mit ihr tauschen.

Elin stand auf und ging langsam zum Ausgang, der Oberschenkel behinderte sie wieder — er schmerzte vor allem, wenn sie eine Weile gesessen hatte. Aber sie konnte sich Zeit lassen, sie hatte heute nichts

Besonderes vor. Es sollte ein gemütlicher Abend mit Maja werden, die aber erst in einigen Stunden nach Hause käme. Maja hatte ihr verziehen, auch wenn Elin natürlich hoch und heilig hatte versprechen müssen, nie wieder solch ein Risiko einzugehen, schon gar nicht in völligem Alleingang.

In der U-Bahn war nicht viel los, sie fand sofort einen Sitzplatz. Der Zug rollte los, Richtung *Kungsholmen*. Elin sah aus dem Fenster, die Bahn fuhr zügig durch die dunklen Tunnel. Sie dachte nochmal an Ebba. Sie würde sie nächste Woche wieder besuchen, hoffentlich hatte sie dann irgendeinen Fortschritt gemacht. Immerhin reagierte Ebba positiv auf Elin, letztes Mal hatte sie bei der Begrüßung sogar kurz gelächelt. Elin hatte Bedenken gehabt, ob ihre Anwesenheit nicht dunkle Gedanken bei Ebba auslöste, aber die Ärzte meinten, es sei gut, wenn sie regelmäßig käme. Ebba würde sowieso dauernd in ihren Ängsten leben und von dem Geschehenen nicht loskommen und Elin als die Retterin sei das Licht am Ende des Tunnels. Also ging sie jede Woche zweimal hin und sah nach Ebba. Viel tun konnte sie nicht, aber Ebba ließ sich von ihr in den Arm nehmen und Elin hatte begonnen, ihr Kinderbücher vorzulesen.

Elin war sicher, dass sie ihren ersten eigenen Auftrag nie vergessen würde. Der hatte sich gar nicht so entwickelt, wie sie es sich vorgestellt hatte. Ja, der Job als Detektivin hatte auch seine Schattenseiten. Mit Tobias, ihrem Chef, würde es noch ein ernstes Gespräch geben. Elin war ja offiziell Zeugin bei dem anstehenden Gerichtsverfahren — dort würde ihre Rolle bei der ganzen Geschichte detailliert aufgerollt. Damit würde auch für Tobias klar sein, dass sie sich selbständig gemacht und einen Auftrag angenommen hatte, in Konkurrenz zu seiner Firma. Aber Lars hatte ja versprochen, ihr beizustehen und sich für sie einzusetzen. Also, entweder würde man sie feuern, dann würde sie halt ihre eigene Detektei weiter aufbauen, oder es änderte sich für sie etwas bei Tobias. Beides war ihr recht, Hauptsache, sie konnte als Detektivin arbeiten. Das war das Richtige für sie, trotzdem, was passiert war, ja vielleicht sogar erst recht nach diesem Auftrag.

ENDE

<u>**Statistik über sexuelle Gewalt an Kindern:**</u>

Eine Befragung von fast 6000 Schülern und Schülerinnen an 171 schwedischen Gymnasien ergab, dass 29% der Mädchen irgendeine Form von sexuellem Missbrauch erlebt hatten, 9% der Mädchen sogar sexuelle Gewalt mit Penetration. Bei den Jungen lagen die Zahlen niedriger (9,6% und 3%).

- http://www.allmannabarnhuset.se/wp-content/uploads/2015/11/Det-gäller-1-av-5.pdf

Ähnliche Zahlen werden aus anderen Ländern berichtet:

- http://www.who.int/mediacentre/factsheets/fs150/en/
- http://victimsofcrime.org/media/reporting-on-child-sexual-abuse/child-sexual-abuse-statistics
- http://www.mikado-studie.de/index.php/sexueller-missbrauch.htm
- https://www.nspcc.org.uk/preventing-abuse/child-abuse-and-neglect/child-sexual-abuse/sexual-abuse-facts-statistics/

Dank an den Leser

Es freut mich, dass Sie mein Buch ausgewählt haben.

Es freut mich noch mehr, dass Sie es bis zum Ende durchgelesen haben.

Ich hoffe sehr, es hat Ihnen gefallen! Wenn dem so ist, möchte ich Sie um einen kleinen Gefallen bitten: Nehmen Sie sich einen Augenblick Zeit und bewerten Sie mein Buch bei Amazon!

Falls Ihnen etwas nicht so richtig gefallen hat, bitte ich Sie, es mir direkt zu sagen! Ihre Rückmeldung ist extrem wichtig für mich – so kann ich auf die Wünsche meiner Leser eingehen.
contact@christertholin.one
www.christertholin.one

Herzlichen Dank
Christer Tholin

Über den Autor

Der Autor kommt ursprünglich aus Schleswig-Holstein und lebt jetzt mit seiner Familie seit vielen Jahren in Stockholm, wo er als Unternehmensberater arbeitet.

Er ist ein großer Fan der schwedischen Krimiliteratur und hatte schon lange vor, in diesem Genre einen eigenen Beitrag zu liefern. Dieser liegt bereits vor mit seinem ersten Buch "VERSCHWUNDEN?". Dies ist das erste Buch der Serie "Die Stockholm Detektive", in dem Elin und Lars eingeführt werden. „GEHEIMNISSE?" ist der zweite Fall, MORD? der dritte Fall der beiden. SCHULDIG? Ist der vierte.

MORD?

Die Stockholm Detektive, Buch 3

Von Christer Tholin
2018, Stockholm

„Sie wollte nur noch, dass es vorbei war – bloß endlich keine Schmerzen mehr."

Christina lebt zusammen mit ihrem Mann Patrik in der Nähe von Stockholm. Von einem Tag auf den anderen verschwindet Patrik. Christina ist völlig verzweifelt. Als es auch nach sechs Wochen kein Lebenszeichen gibt, bittet sie die Privatdetektive Lars und Elin um Hilfe. Für die beiden Profis steht bald fest: Patrik hat sich freiwillig abgesetzt – mit einer anderen Frau. Sie entdecken eine Spur des Vermissten, die sie in die Wälder im Norden von Schweden führt. Dort finden sie Patrik – tot. Die Polizei glaubt an einen Unfall und stellt die Ermittlungen ein. Doch Christina will sich damit nicht abfinden, sie beauftragt Lars und Elin erneut, um die Hintergründe des Geschehens aufzudecken. War es wirklich ein Unfall? Oder hat jemand seine schmutzigen Hände im Spiel? Geht es hier um Mord? Und welche Rolle spielt die geheimnisvolle Natalia?
Für Lars und Elin bedeutet dieser Auftrag mühevolle Detektivarbeit. Aber alle Spuren führen in Sackgassen. Doch dann nimmt der Fall eine überraschende Wendung. Christina wird vor eine Entscheidung mit außerordentlichen Konsequenzen gestellt, die sie schließlich alle in einen Kampf auf Leben und Tod verwickelt.

https://www.amazon.de/dp/B07JBNJCH3/

JULI 2016

Ihre Hand fühlte sich so gut an in seiner. Er war immer wieder begeistert, wie zart und zierlich ihre Hände waren. Er schaute sie an, wie sie neben ihm herlief. Sie war so hübsch mit ihren kräftigen blonden Haaren, den grünen Augen und den hohen Wangenknochen. Aber irgendetwas bedrückte sie heute, er hatte es schon am Morgen bemerkt. Gleich nach dem Frühstück war sie im Bad verschwunden, und seitdem war sie verändert. Nicht so fröhlich und aufgekratzt wie die letzten Tage. Er hatte sie gefragt, was denn mit ihr los sei, aber sie hatte gesagt, es sei nichts.

Er war einfach verrückt nach ihr, er hätte es sich nie träumen lassen, dass eine so hübsche, junge Frau sich für ihn interessierte, ja sich sogar in ihn verlieben konnte. Und nun waren sie dabei, ein gemeinsames Leben anzufangen, es war wie ein Traum. Seit drei Tagen lebten sie in der Hütte, und es war total harmonisch zwischen ihnen. Ja, und der Sex war fantastisch, er war so ausgehungert gewesen, und sie wusste genau, was sie mit ihm machen musste.

Der Waldweg, den sie in den letzten Tagen schon einmal gelaufen waren, näherte sich seinem Ende und der Spaziergang damit seinem Höhepunkt. Der Weg führte nämlich zu einer Stelle, wo es vor einigen Jahren einen

Erdrutsch gegeben hatte. Dort ging es viele Meter steil bergab, und man hatte einen wunderschönen Blick über eine große Waldwiese mit Felsen, Gestrüpp und oft mit Tieren, die gar nicht bemerkten, wenn man dort oben stand und ihnen zuschaute. Beim letzten Mal hatten sie Rentiere beobachtet, und sie war ganz begeistert gewesen, sie hatte noch nie zuvor Rentiere gesehen, zumindest nicht in freier Wildbahn.

Sie hielten an. Er wandte sich ihr zu, sie starrte über den steilen Abhang, aber heute strahlte sie nicht wie beim letzten Mal.

„Was ist denn los? Habe ich irgendetwas Falsches gesagt?“

„Nein, es ist ... ich weiß nicht.“ Sie ließ ihn los und machte einen Schritt von ihm weg. Sie sah ihn an, er konnte ihren Blick nicht deuten. Da war viel Traurigkeit, aber auch etwas wie Angst. Nun riss sie die Augen auf. Was hatte sie nur?

Er holte Luft und wollte sie gerade noch einmal fragen, da nahm er hinter sich eine Bewegung wahr. Er dachte, es müsste ein Tier sein, und drehte sich um. Er erkannte einen riesigen, muskulösen Mann, der direkt auf ihn zustürmte, schon war der Mann bei ihm, ein heftiger Schreck fuhr ihm in die Glieder, er taumelte, machte einen Schritt zur Seite, aber da war nichts, da war nur der Abgrund, sein Fuß trat ins Leere, er verlor das Gleichgewicht, er hörte, wie Natalia aufschrie. Seine Hände griffen in die Luft, er fiel, fiel immer tiefer. Fast mit dem Kopf voran ging es den Abhang hinunter. Mit der linken Hand bekam er einen Strauch zu fassen, die Dornen schnitten in sein Fleisch, aber der

Strauch war zu klein und konnte seinen Fall nicht bremsen. Der Zweig riss ab, und er fiel weiter.

Sein letzter Gedanke, bevor er unten aufschlug: Natalia.

135